旅する
ギターと
私の心臓

松原 良介
Ryosuke Matsubara

GENTOSHA
幻冬舎 MC

旅するギターと私の心臓

プロローグ

降り積もった雪で狭くなった道を二人の少年が歩いている。あれは13歳の頃の私だ。自分の背丈ほどある雪が道路わきに積み上げられていて、反射する光で目の奥がちくちくする。

私は心臓の病で身体が思うように動かせなくなったころから、このような夢をよく見た。夢のなかの光景は、祐介と二人でありったけの小遣いを握りしめて、ギターを買いに行ったときのものだ。20年前の記憶にもかかわらず鮮明に当時の様子を映し出している。

晴れた空から綿毛みたいな雪がひらひらと落ちるのが見える。

二人が手にしているのは錆びついた弦が張られた古いアコースティックギターだ。８０００円のどこのメーカーだかわからないやつ。質屋に入ったのもギターを買ったのも、このときが初めてだった。

愛想のない店主は子どもに値切られたのが面白くなかったようで、ギターケースをつけてくれなかったが、私はギターを買ったことが嬉しくて、帰りの電車賃がなくなったこともケースがないことも気にならなかった。歩けば2時間ほどかかる自宅までの道のりを、祐介と私はギターを交代しながら持って帰った。かじかんだ手で錆びて伸びきった弦を鳴らしながら。

目次

装画　西田真魚

〈野崎哲也の事情〉　アンブレラ

２０１６年４月。札幌市内の大学病院。

私（野崎哲也）は意識を取り戻してすぐに右目の違和感に気がついた。開いたはずの目にまだ３分の１ほど瞼が残っていたからだ。口には呼吸器の管が挿入されていて声を出すことができない。

「ん？　何だこれ？」

身体が思うように動かせなかったが、できる限り首を動かして、歪んだ視界で周囲を見渡した。うっすら明るい日差しがブラインドから洩れている。どうやら朝のようだ。

ここに来たときのことはよく覚えていて、ここが病院であることも知っている。

昨夜、自宅でシャワーを浴びていたとき、大きく脈を打つような頭の痛みを感じた。同時に車酔いのような揺れる感覚と、指先の痺れを感じた。

少し休めば治まるだろうと思い、その場にしゃがみこんだのだが、痛みに耐えられなくなった頃にはすでに呂律は回らず、歩くこともできなかった。私はうずくまりながら言葉にならない声を上げて、壁を叩いて鳴らした。

幸いなことにリビングにいた母は異変にすぐに気がついてくれた。

受け答えはうまくできなかったが、意識ははっきりしていてそのときの様子はしっかりと覚えているし、搬送されたときの記憶もある。だから今のこの状況も理解している。

それにしても、この歪んだ右目の視界を何と表現すればいいだろうか。

〝右目の右側〟とでもいえばいいのだろうか。

とにかく、その〝右目の右側〟に今までなかった何かがあって、私の視界はいつもとは違う形の世界を映し出していた。何度も目をこすったり、瞼の上っ面を引っ張ってみたが、視界が以前の状態に戻ることはなかった。


術後の検査で後遺症がもう一つ見つかった。いわゆる〝失語症〟と呼ばれるものだ。

失語症は一種の記憶障害で、こっちのほうが何倍も厄介だった。なにしろ頭では理解しているつもりの単語が口から出てこないのだ。

例えば〝傘〟という単語。

目の前に傘を出されて名称を尋ねられたとき、知っている人間ならば、それを傘だと答えることができるだろう。しかし、私の場合、頭ではわかっているその〝傘〟という単語が口から出てこない。

雨の日にホテルのレセプションで頼み事をしようとしても、「すみません、傘を貸してください」と伝えることができないのだ。

ただし、言い方を変えて自分が知っている単語でカバーすることはできる。例えば、「すみません、雨が降っているときに差すものを貸してください」という具合に。馬鹿馬鹿しいが、そういう言い方ならできるのだ。もしも失語症のことを知らない人と私が話をしたら、その人は相当な苛立ちを覚えるだろう。

喪失した単語は主に幼少期から20代にかけてのものだったが、密接な関係にあった人や物の名称は憶えていた。家族の名前や、毎日乗っていた〝電車〟、毎日飲んでいた〝コーヒー〟などがそれにあたる。

昔の友人の名前はほとんど思い出せない。思い出せるのは30代になった今でも仲が良く、接点のある数名の友人だけだ。そのほかの友人は、容姿や住んでいる家までの道のりなど、事細かに説明することはできるが、ヒントをいくら与えられても名前が出てくることはなかった。

さらに残念なことに読み書きの能力も喪失していた。

平仮名はいくつか読むことはできたが、小学校で習うような簡単な漢字ですら読み書きができなくなっていた。担当医は、これらをもう一度覚え直すためには、相当な努力とリハビリが必要だと言っていた。

私が心臓に「ＶＡＤ」と呼ばれる血液を循環させるポンプを装着したのは２０１５年の夏のこと。

持病の心臓疾患が悪化する以前はペースメーカーを装着して生活していたが、容体が悪化し、その結果として心臓移植が必要になった。

移植待機者は日本臓器移植ネットワークに登録することで、適合する臓器提供者（ドナー）が現れるまでＶＡＤを装着して順番を待つことになる。

ＶＡＤは埋め込み式のペースメーカーとは違って大きさも役割も異なり、バッテリーは充電やメンテナンスが必要なため、体内に埋め込むことができない。今、私の右のわき腹には、1センチほどの穴が開いていて、そこから黒いケーブルが1本、身体の外に出ている。そのケーブルの先にはコネクターが付いていて、そこからコントローラーを経由してバッテリーを2台つなげることができた。

バッテリーは昔のゲームのカセットくらいの大きさで、フル充電すれば2日は過ごせるという代物だ。私はフル充電したバッテリーを毎日取り換えていた。交換の際は病院から特別な指導を受けた人間が立ち会う必要があるだけでなく、私のそばには、常にその資格を持った人間がいなくてはならなかった。なぜなら、VADに何らかの支障があったり、バッテリーが切れたりすれば、心臓に血液が運ばれなくなり、それは死に直結するからである。

私はVADを装着した当初、これはあくまで来たる心臓移植までのつなぎで、ドナーが現れるまでの辛抱だと思っていた。VADを装着したことで症状が劇的に回復したという事例も数多くあったため、私は大きな期待をもって手術にのぞんだ。しかし、私の場合VADを装着したことによる負担は思いのほか大きく、心臓は機能しているとはいえ、健康だった頃の状態とは程遠く、倦怠感が日常的に続くようになっていた。

そこにきて失語症という追い打ちがきてしまったのである。言葉を失ったこともショックだったが、こんなにも早く合併症が起こるとは思いもしなかった私は、いつ死んでもおかしくない状況に自分が置かれている現実を痛感した。

弱っていた私にとって、それはこの世の終わりに思えるような出来事だった。

ちなみにＶＡＤは血管内に血栓ができないようにするため、抗血栓に優れたチタン製となっている。ただ、そんなチタンでさえ人体にとっては異物であるため、どうしても血液が固まりやすく、血管内に血栓ができてしまう現象は避けられなかった。

血栓ができてしまった場合、それは血流に乗って全身に運ばれるため、血栓が臓器の血管をふさぐことがある。それが私の場合は脳だったのである。

それでも私は運良く生き残ることができたが、心臓のドナーが現れなければ、血栓のリスクは移植を待つかぎり付きまとうのだ。

そんな状況のなか、わずかな希望もあった。まるで神さまがいたずらに残したとしか思えなかったが、どういうわけか英語の読み書きはできたのだ。英語が喪失しなかったのは、もしかしたら30歳を過ぎてから真剣に学んだからだろうか？

ともあれ、私は見舞いに来る友人や家族と話をするときはいつも英語を交えて会話をした。大してうまくもない英語を話す姿は周囲にはさぞかし滑稽に映るだろうが、こんな状況で恥ずかしいなどとは言っていられない。状況を理解してくれた家族も医師も友人たちも協力してくれた。そしてその変てこな会話の時間だけが、私にわずかな希望を与えてくれた。

だから私は、もし外で急に雨が降ってきたら「雨が降っているときに差すものを貸してください」なんて言い方はせずにこう言うだろう。

「〝アンブレラ〟を貸してください」ってね。

インタビュー1（塩見麻里）

２０１８年10月12日。

エスペランサ出版の編集部に勤める塩見麻里は、バンコクに住む従妹の板垣夏美から「面白い話があるんだけど」という連絡を受けた。

「麻里ってまだ出版社に勤めているんでしょ？　すごく面白い男の子がいるんだけど、ちょっと話聞いてみない？」

夏美は30代半ばになってタイ人と結婚し、そのままバンコクでマッサージサロンを始めた変わり者だ。塩見は夏美のほうがよっぽど面白いネタだと思っていたが、話の内容を聞くうちに、すっかり夏美の話にのめりこんでしまった。

夏美のいう面白い男の子というのは宇山祐介という１００ヵ国以上を旅したバックパッカーだった。バックパッカーの珍道中ならよくある話だが、興味を引いたのは彼が旅をしていた理由だった。

彼は現在アメリカに滞在していて、来週日本に帰国するという。

塩見は彼に直接会って詳しい話を聞きたくなった。

「じゃあ、彼に話してみるわ、期待して待っていてね」

夏美はそう言って電話を切った。

塩見の勤める出版社に電話があったのは翌朝、宇山のほうからだった。

都内の大手出版社に勤めて４年。本に囲まれた生活に憧れていた塩見にとって、出版社に入社したのは自然な流れだった。

塩見は子どものころから、この世のどこかに陽の目をみないままどこかに眠っている、読んだ人の人生を変えてしまうような物語があると信じて、自分がそれを見つけることを夢見ていた。だが、期待に胸を膨らませて飛び込んだ業界は思い描いていたものとは程遠く、売上至上主義に徹した経営方針や作者の無理な要望に振り回され、気がつけば夢物語どころか過酷な現実を突きつけられる毎日を悶々と過ごしていた。どうにか一人で仕事を任されるようになった頃には、すっかり夢物語のことは頭の片隅に追いやられていた。

これといったやりがいも感じなくなっていた塩見のデスクの引き出しには、決心が固まらないまま置かれた辞表がひっそりと眠っていた。やがて秋も深まり始めた頃、まるで塩見を引き留めるかのように、宇山祐介の物語が出現したのである。


２０１８年10月28日。インタビュー当日。

塩見は宇山祐介と待ち合わせをしているカフェに向かっていた。

待ち合わせの時間は15時。

この日は朝から陽が陰っていたので、塩見はいつもよりも秋を深く感じた。

クローゼットから引っ張り出した秋物のコートは、昨年のセールでなんとなく衝動買いしたせいか、すでに塩見の気分に合うものではなくなっていた。そのせいなのか、今履いているお気に入りのチャコールグレーのパンプスとも抜群に相性が悪く思えた。

時間よりも30分早く待ち合わせのカフェに着いた塩見は、カウンターでホットコーヒーを注文してから、店内を一通り見渡して、落ち着いて話ができる席を探した。かなり広々とした店内だったが、都内のお洒落なカフェを特集する雑誌の企画にたびたび登場していることもあってか、平日にもかかわらず少し混みあっていた。

塩見は、喫煙席を通り過ぎた先にある窓際に、二人用の席が空いているのを見つけた。両手を広げたほどの大きな窓からは渋谷のスクランブル交差点が一望できた。上から見ると通行人が不思議なほど規則的に動いているのがよくわかり、交差点の信号機が変わるたびに人の動きに見入ってしまった。

大型ビジョンで流れているＨＡＲＴＳのＰＶは、人気ドラマ『ぼくの細道』の主題歌だ。ＨＡＲＴＳは何年か前にＹｏｕＴｕｂｅから登場したロックバンドで、当時塩見が付き合っていた彼と観に行ったフェス以来、塩見はすっかりＨＡＲＴＳにハマっていた。

ちなみに塩見の一番のお気に入りはヴォーカルのＷａｌｋｙだ。整ったかわいらしい顔立ちとは対照的に熱い志を持った青年で、コンサートやアルバムの収益の一部を被災地に寄付したり、孤児院などのために基金を募ったりと、慈善活動を率先して行っている。

塩見がスマホでメールをチェックしていると、注文したホットコーヒーが運ばれてきた。その香りに少しほっとした気分になった。冷えた手をそっとカップに添えると、少しずつ身体にその温かさが染み渡っていく。

「塩見さんですか？」

隣の席から、チラチラとこちらの様子をうかがっていた男性が立ち上がって話しかけてきた。ほっそりとした端正な顔立ちの男性だった。

男は宇山祐介を名乗った。

不意を突かれた塩見は、慌てて飲みかけたコーヒーカップをテーブルに戻した。夏美から「3年間世界を旅してきた37歳の男の子」、と聞いていた塩見は、てっきり体格の良いワイルドな風貌の男が現れるとばかり思っていたが、目の前に現れた男は想像と違っていた。

一見、旅などとは無縁に感じるようなひょろりとした風貌の宇山は、

「すみません、少し早く着いてしまって……」

と困った顔をしながら会釈した。その姿を見た塩見は、すっかり気が抜けてしまった。ただ、年齢よりもずっと若く見える宇山を見て、夏美が37歳の男性に対して〝男の子〟と言っていた意味はなんとなく理解できた。

「よく私が塩見だとわかりましたね？」

と塩見が尋ねると、

「なんとなくそうじゃないかと……」

と宇山は頼りない笑顔を作ってみせた。

宇山は線が細く、黒のハイネックセーターが似合う男だった。猫背で弱々しい風貌だが、真っ直ぐな眼差しが誠実さを感じさせた。

塩見が「どうぞ」と、前の席を進めると、宇山は軽く会釈してから自分の席に置いて

あったジャケットと少なくなったアイスコーヒーのグラスをこちらに運んできた。

塩見が「改めまして」と自己紹介をして名刺を渡すと、宇山は、自分が名刺を持っていないことを申しわけなさそうに言ってから、改めて宇山祐介を名乗った。

「お忙しいところ時間を作ってくださってありがとうございます。宇山さんは昨日帰国されたんですよね？」

「はい、昨日の午後帰国しました。久しぶりに東京に来ましたが相変わらず人が多いですね」

宇山は小さくため息をつきながら言った。

「こちらから伺うつもりだったのですが、わざわざ渋谷まで出てきていただいてすみません」

「いえいえ、大丈夫ですよ。このあと渋谷で人と会う約束をしているので、ちょうど良かったです」

「宇山さん、今はアメリカにお住まいなんですよね？」

「あ、はい、えーっと、昨年旅を終えて一度帰国したんですが……ええっと、はい、そうです」

宇山は緊張しているせいなのか、少し落ち着かない様子で訥々と話した。

塩見はもう少し世間話を続けることにした。仕事は何をしていただとか、お互いの家族構成とか、どこの国が一番印象深かったかとか、たわいもない話をした。

宇山は細身の風貌のせいもあってか、どこか弱々しく、話をしていても時折自信のない困惑したような作り笑いを見せた。５分ほど話して話題が従妹の夏美の話になると、宇山は急に改まって話し始めた。

「夏美さんにはバンコクで本当にお世話になりました。何とお礼を言っていいものか。今回も帰国する直前に夏美さんから連絡があって、この話ができる機会を作っていただいて本当に感謝しています」

宇山は真剣な顔つきで言った。その様子を見た塩見は、ここぞとばかりに編集者のスイッチを入れた。

「先日、夏美から宇山さんのお話を聞いて、ぜひともご本人から直接お話をお聞きしたいと思いまして――」

夏美から聞いた話が本当ならば、目の前にいる男がこれから話すことは、かつて塩見が探し求めていた夢物語そのものといえた。塩見はコップの水を口に含んで気持ちを落ち着かせてから、ゆっくりと口を開いた。

「宇山さんは〝探しもの〟を見つけるために世界を旅していたとか？」

「はい」

宇山は軽く頷いて答えた。

「詳しくお聞かせ願えますか？」

塩見が尋ねると、宇山は少し上のほうを向いて何かを思い出すような顔をしてみせた。

「少し複雑で、順を追って話したいのですが……。長くなりますけどいいですか？」

「はい、もちろんです」

宇山は目を細めて少し考え込んでから、氷が解けて色の薄くなったアイスコーヒーを横に寄せた。そして姿勢を正してから、ゆっくりとした口調で話し始めた。

「5年ほど前のことです。当時、私は東京都内の音楽教室でギターを教えていました。小さな個人経営の音楽教室です。もともと私は広告代理店で働いていたのですが、経営がうまくいかなくなってきて……何というか社内のごたごたというか……。まあ、いろいろと困っていたところに昔の友人から連絡が来て、教室を手伝ってくれないかと言われたんです。昔やっていたギターが役に立つとは思ってなかったので、声をかけてもらったときはありがたかったです。その頃の私は、まだ海外を旅するなんて考えたこともなくて、ハワイに一度行ったことがあるくらいだし、英語もまったく話せませんでした」

恥ずかしそうに笑いながらそう話す宇山の姿をみて、塩見はまだ目の前の男が世界を旅していたことにピンとこないでいた。

塩見は早く話を進めたかったが、とりあえず宇山祐介の人となりを理解するため、話の進行を任せることにした。宇山は少し照れくさそうにしながら、ギターを教えていたという当時の音楽教室での出来事を話し始めた。

〈宇山祐介の事情〉　ホットコーヒー

2012年4月。東京都内の音楽教室。

「宇山先生、ありがとうございました」

私（宇山祐介）の生徒である高橋このみの母親が、教室のドアの取っ手に手をかけながら小さく会釈をした。このみの母は私と同じくらいの年齢で、上品だが気取った様子もなく、はきはきと話す感じのいい人だった。本当はこのみにピアノを習わせたかったようだったが、9歳になる娘は体験入学のときに手にしたいくつかの楽器のなかからギターを選択した。

このみは私がこの教室で最初に担当した生徒だった。小さな身体を覆い隠してしまいそうな大きさのアコースティックギターを今では器用に弾きこなす。

私が「はい、お疲れさまでした」と、二人を目で追いながら見送ると、いったんドアの向こうに消えたこのみが照れくさそうに戻ってきて、もう一度手を振った。その光景は疲れた私の身体を癒すのに十分な効果があった。私は口元を緩ませたまま、このみに向かって小さく手を振り返した。

〝カチャッ〟という音を立ててドアが閉まると、外界と遮断され、防音対策が施された室内に静けさがやってくる。部屋が静寂に満たされたことに満足すると、私は教室の後ろにある窓に向かって手を伸ばした。少し建付けの悪い窓を開けると、駅前の賑わいとともに、向かいにあるドーナツ屋から甘い香りが飛び込んでくる。

私は誰もいない室内を確認するように、ぐるりと見渡しながら背伸びをすると、口から絞り出したようなうめき声を出した。そして乾燥した冷たい空気が室内に充満したのを感じながら、ため息を一つついた。私は最後の生徒を送り出した後のこの時間が好きだった。

教室の後片付けを始めると急に「トントン」と、外からドアを叩く音が聞こえた。室内を探るようにゆっくりとドアが開くと、金髪の頭をひょっこり出しながら、生徒の吉野大樹が現れた。

「先生！　お疲れさまです！」

吉野は私と目を合わせると屈託ない笑顔で挨拶をしてみせた。彼に挨拶を返してから、ドアの横にかけてある予定表に目をやったが、今日の予定に彼の名前は書かれていなかった。

「あれ、吉野君？　今日このあとレッスンだったっけ？」

「いや、違うんですよ。少し用事があって寄っただけなんです。先生、今ちょっとだけいいですか？」

吉野は金髪の頭をポリポリと指先で掻きながら言った。

「ああ、ちょうどレッスンが終わったところだから大丈夫だよ。どうぞ」

「失礼します」

吉野は部屋に入ると丁寧にドアを閉めた。

「先生、今月の29日の夜って空いていますか？　日曜日なんですけど」

こちらの機嫌を窺うように吉野は尋ねた。

「日曜日？　えーっと、日曜日か。日曜日何かあるの？」

「実は、渋谷でライブやるんですけど……観に来てくれませんか？」

吉野はまるで告白する女の子のように、もじもじしながら答えた。

「渋谷のライブハウスなんですけど、ぜひ先生に観に来てほしいんです。20時くらいから出る予定なんですけど厳しいですか？」

「おお、ライブか。20時？　ちょっと待ってね」

ここしばらく私は仕事終わりに予定が入っていたことなどなかったが、なんとなく見栄を張って一応カレンダーを確認するふりをした。

「うん、大丈夫。行くよ、仕事も18時には終わるし。何ていうライブハウス？」

私はカレンダーの日曜日を人差し指でトントンっと叩きながら言った。

「ホントですか⁉」

彼はカバンから慌ててチケットを取り出してみせると、2枚のチケットを差し出した。私が代金を払おうとすると、いらないと無邪気に笑ってそれを拒んだ。

それから彼は初めて組んだ自分のバンドのことを話し始めた。最近正式にドラムが決まったことや、今作っているオリジナル曲のことなどを嬉しそうに話す吉野を見ながら、かつて自分にも同じ時代があったことを懐かしく思った。

しばらく話し込んでいると、思い出したように吉野が時計に目をやった。

「あ、こんな時間だ。すみません、俺、これからスタジオで練習あるんで、これで失礼します」

吉野はそう言って忙しくカバンに残りのチケットをしまいこむと部屋を後にした。

扉が閉まると室内には再び静寂が訪れる。

手元に残ったチケットを眺めながら、私は妙な胸の高鳴りを感じて口元を緩めた。

友人の野崎哲也がこの音楽教室を立ち上げたのは、私がこの生徒からライブに招待される3ヵ月前のことだった。

哲也とは中学校からの付き合いで、大学は違ったが上京してからも一緒に過ごすことが多かった。就職してからはお互いしばらく会わない期間があったが、彼が私をギター講師としてスカウトしに来たことをきっかけに再会した。彼の真面目な人柄は相変わらずで、経営する親切指導がウリの音楽教室も評判が良かった。

哲也は昔からの音楽仲間や知り合いのミュージシャンにかたっぱしから声をかけ、彼らの空いているスケジュールを利用して非常勤講師として教室に招いた。

そしてなるべくコストを抑えることで、誰でも気軽に入会できる料金設定を実現させていた。ホームページや音楽教室の入口に〝家族割〟とか〝60歳以上半額〟とか、まるでどこかのスマホの割引プランみたいなうたい文句が並んだときは、スタッフ一同〝センスがない〟、と苦笑したものだった。

ところがふたを開けてみたところ、主婦や仕事を引退した年配者をターゲットとしたこのプランが功を奏して、予想よりも多くの入会希望者を獲得する結果となった。私たち講師陣は、哲也の世の中の流れをつかむ目の鋭さに驚き、いつしか一目置くようになっていた。

音楽教室で私は主にギターを教えていたが、忙しくなるとピアノの授業を引き受けることもあった。9歳からやっていたギターは、一応それなりに自信があったが、趣味の延長で独学しただけのピアノは、いつも教えながら不安と申しわけない気持ちでいっぱいになった。

一応、哲也も各講師の能力を理解したうえで生徒を割り振っていたので、私の担当する生徒は子どもや年配者しかいなかったのだが、当初は慣れない仕事を押し付けられたような気がして、その日になると気が乗らない顔になっていたのが自覚できた。


私が哲也から音楽教室の話を聞いたのは、2012年の年明けすぐのタイミングだった。あまりリスクをかけない人生を送ってきた哲也が、急に音楽教室を始めることにも驚いたが、自分を講師として招きたいと言ってきたときは冗談かと思った。ただ、当時の私は勤めていた広告代理店の社長が夜逃げをしたせいで、事実上無職になっていたということもあって、その話はまるではかったようなタイミングに思えた。

とはいえ、やったこともない講師というものに対してすぐには気が乗らず、

「講師が足りないって、そもそも何で俺なんだよ」

と最初は呆れたように言い放ってみせていた。

「祐介、どうせ暇なんだろ？　少しでいいからさ、な？　講師が足りなくて困ってんだよ、手伝ってくれないか？」

結局、哲也の勢いに負け、私はとりあえず1ヵ月だけ引き受けることにした。仕事を探しながら片手間でやろうと、軽い気持ちで引き受けた臨時講師のはずだったが、実際にやってみると、その仕事は甘いものではなかった。

私はとにかく時間に追われた。

10代〜60代の生徒たちを相手に1コマ1時間のレッスンをこなすのは、事前の準備を含む綿密なスケジューリング能力が求められる重労働だったのである。私は哲也やほかの講師たちの授業の進め方を見ながら参考にしたが、やることなすこと初めてだったので、結局すべてが手探りで進めることとなった。レッスンが終わったら、すぐさま机に向かい、生徒たちのレベルに合わせて譜面を作ったり、課題曲を探したりした。

講師の1日はあまりにも短く感じられた。

効率的なやり方を模索しているうちに、哲也と約束していた1ヵ月はあっという間に過ぎたが、その頃になると私の気持ちに少しずつ変化が現れていた。

何年も離れていた楽器に再び触る懐かしさと、音楽を教えるという新鮮な気持ちは、いつしか私のモチベーションに変わり、気がつけば次のレッスンを待ち遠しく思うようになっていた。そうして生徒たちが成長する姿を追いかけているうちに、過去の契約を気にする余裕などなくなっていたのである。


ある日、いつものように駅前の広場を通ったときのことだった。

暗くなった広場の中央にギターを弾きながら歌う青年の姿があった。街灯がスポットライトのように彼を照らしていた。寒いなか手袋もせずにギターを弾く彼の指を見て、私は思い出したように自分の手に白い息をかけた。

彼の透きとおるような高い声が胸のなかにスッと入り込んできた。

歌う青年の様子を気にしながら、少し歩くと音楽教室の生徒・緒形重治がいた。教室で最年長の生徒である緒形は、青年の歌う姿を優しく見つめていた。私は緒形のそばにゆっくり歩み寄り、声をかけた。

「緒形さん、どうも」

「ああ、先生。こんな時間までお疲れさまです」

緒形はトレードマークのフェルト帽に手をやりながら私に会釈をすると、再び視線を広場で歌う青年に向けた。その姿を見ながら、私は緒形と出会ったときのことを思い出していた。

音楽教室ができてすぐの頃、茶色いフェルト帽をかぶった緒形がピアノを習うためにやって来たのは印象的な出来事だった。

その還暦を過ぎた男性は、楽器に触ったことすらないようだったが、妻の誕生日である4月18日までに『ハッピーバースデー』をピアノで弾けるようになりたいと話していた。さらに詳しい事情を伺うと、妻にプレゼントを渡したいと考えたが、欲しいものを聞いても、36年連れ添った妻は〝今さら何もいらない〟と困った顔をするだけだったという。

困った緒形は、たまたま駅前にできたこの教室の前を通ったとき、娘が妻の誕生日になると自宅にあるピアノで『ハッピーバースデー』を弾いていたことを思い出したという。

そんなことを思い出しながら、私は緒形と広場で歌う青年を眺めていた。

互いの白い息がゆっくりと顔の周りを漂って消えた。音楽教室での緒形は、自分の半分ほどの年齢の私に対して、いつも敬意を払って話してくれた。その姿を見るたびに、自分も歳をとったらこうありたいと感じていた。すらりと背筋の伸びた様子や口調、そして見事なほどにセピア色のコートを着こなす姿。トレードマークの帽子の下には整えられた白髪がしまい込まれ、皺の多い瞼に隠れる奥まった瞳からは、まだ子どものような好奇心が感じられた。還暦を過ぎた者が出す独特の若々しさがあるものだと、緒形を見て私は思った。

いつの間にか時計の針は9時を指していた。駅前の弁当屋がシャッターを降ろす準備を始めるのが見えた。

「先生、音楽とは不思議なものですね」

緒形が唐突に言った。

「不思議?」

思わず私はオウムのように言葉をそのまま返した。

「ええ、不思議です」

緒形は少し笑って見せると、ゆっくりと話し出した。

「先生、なぜ彼はこんな寒空の下でお客さんもいないのに、ああして歌っているんだと思います?」

緒形の質問に私は言葉を詰まらせてしまい、青年のほうに目を向けながら考え込んでしまった。気まずくなった空気を感じた緒形は、

「私はすぐそこのマンションに住んでいましてね。毎日ここを通っていたんです」

そう言うと緒形は駅の向こうに見える高層マンションを指さした。

このあたりは高級マンションが多いことで知られている。とっさに私は、緒形の質問の真意を探ることも忘れて、彼の住むマンションの価格を予想していた。

「実は先週、そこで歌っている青年と話をしましてね。聞くと彼は、ほぼ毎日ここで歌っているそうです。お客さんもいないのに」

緒形は私のほうを向きながら、なぞかけを楽しむ子どものように微笑んだ。

「え？　緒形さん、彼に話しかけたんですか？」

「ええ、おかしいでしょう？」

そう言って緒形は思い出したように笑った。

「でもね、そこなんですよ、不思議なのは」

緒形は口から白い息を漏らしながらゆっくり話し始めた。

「私は今まで何度もこの広場を通っていたんですが、彼がそこでギターを弾いていたことに全然気がつかなかったんです。彼に気がついたのは……いえ、彼のギターが聞こえるようになったのは、つい最近なんです」

そう言って緒形はゆっくりとこっちを向いた。

「先生からピアノを教えてもらうようになってからなんです」

私は目の前の還暦を過ぎた生徒が、音楽を学ぶことで世のなかの見え方が変わったことを知った。後から思い出してみると、講師として誇らしい出来事に遭遇したようにも感じるが、そのときは突然すぎて頭が真っ白になっただけであった。

道端で歌を聞きながら私と緒形が話し込んでいると、観客二人の視線を感じた青年は笑顔を作り、歌いながら器用に小さくこちらに向かって会釈をした。それに応えるように緒形は、スッと右手を上げた。

「自分はどちらかというと、ああいった若者を苦手にしていたんですが……それがどうしたことか、温かいコーヒーをわざわざ彼に差し入れしてまで、彼と話がしたいと思うようになったんです」

緒形はポケットから手を出してコーヒーを2つ持つ仕草をしながら言った。

「寒空の下で彼と音楽について話すなんて、以前の私なら想像すらできないことでした。そして何度か話すうちに彼は、私とコーヒーを飲みながら話ができたことが、ここで歌っている大きな意味だと言ってくれたんです」

緒形は皺の多い顔をくしゃくしゃにして笑みを作ると、

「ね？　不思議でしょう?」

と一言付け加えるように言った。

帰りの電車を待ちながら、私はさっきの出来事を思い出していた。

フェルト帽が似合う年老いた男性も、広場でギターを弾いていた吉野大樹もおそらくこの小さな奇跡を知らないでいるだろう。

世界で私だけが知る贅沢な奇跡だ。

まるで接点がないであろう二人が寒空の下でコーヒーをすすりながら話す姿を思い浮かべながら、私は思わず口元を緩めた。

〈野崎哲也の事情〉　きっかけ

1993年。

この年は東京都の河川敷で矢が刺さった鴨が痛々しい姿でテレビに現れた、通称〝矢ガモ事件〟があった年だ。毎日のようにテレビで報道されていたからよく覚えている。バブルの崩壊が深刻化し社会問題として取り上げられ始めたのもこの時期だった。

だが、中学生の私（野崎哲也）にとってそんなことなど、どうでもいい話題だった。

世間は開幕したばかりのJリーグに沸き、初のワールドカップ本選出場へ期待を膨らませていた。当時、一世を風靡していた三浦知良のカズダンスと呼ばれるゴールパフォーマンスに影響を受けた男子が、サッカー部に殺到するという社会現象まで起こっていた。

北海道の田舎町にまでその影響は及び、当時13歳だった私もその勢いに乗ってサッカー部に入部した。ただ、私の場合、大してサッカーに興味があったわけではなく、みんなが集まるコミュニティに自然と足が向いただけだった。

学校は自宅から歩いて10分ほどのところにあった。舗装されていない林のなかを行けば5分で到着する距離だ。学校が近所にあるのはラッキーだったが、学区が変わったせいもあって、顔見知りはほとんどおらず、あまり社交的とはいえない私は入学以来、これといった友人もできないままクラスでも浮いた存在だった。

そんな私に「一緒にバンドやらないか？」と声をかけてきたのは隣のクラスの宇山祐介

だった。祐介は同じサッカー部に所属していて、私とは対照的に明るく社交的で誰とでもすぐに打ち解ける特技を持つ男だった。彼の周りにはいつも自然と人が集まっていた。

細身で身長も特に高くはない祐介は、部内でも決して群を抜いてうまい選手というわけでもなかったが、リーダーシップとは違う不思議な影響力を持つ男だった。

例えば、入部して早々にあった上級生との紅白戦。

その紅白戦は、新入生の歓迎会と称したものだったが、みっちりチーム作りをしてきた上級生に、つい先日まで小学生だった寄せ集めの1年生ではかなうわけもなかった。要するにこのゲームは、お互いの力関係を理解させるための意味合いが強いものだったのだ。

紅白戦は前半を終えた時点で0－2と一見すると1年生が善戦しているようにもみえたが点差以上に一方的な展開だった。

ところが後半から祐介がゲームに加わると、敗色濃厚な流れが一変した。祐介はチームメイト一人一人に駆け寄ってては声をかけ、大きな身振り手振りでチームを鼓舞し始めたのである。

そして彼は誰よりも走り、上級生を恐れることなく激しい当たりを繰り返した。身体の小さな祐介は簡単に競り負けていたが、試合をあきらめかけていたチームメイトは、祐介の奮闘に引き寄せられるように、ボールに食らいつくようになっていった。ベンチから見ていても、少しずつチームが一つになっていくのがわかった。

やがて1年生のチームは息を吹き返し、あっという間に試合をひっくり返して、上級生相手に勝ってしまったのである。

試合後、コーチから怒られてバツの悪そうな上級生を横目に、してやったり顔の祐介がいた。その後も彼はいつもはチームの中心にいて、頼りになる存在であり続けた。

そんな祐介が、対照的な自分をつかまえて、いきなり「バンドをやろう」などと突拍子もないことを言ってきたのだから、そのときは心底驚いたものだった。さすがに私は返答にもたついてしまったが、祐介はお構いなしに話を進めた。

「俺、バンドやりたいんだよ。でさ、哲也の家にギターがあるって大谷から聞いたんだけどさ、お前、ギター弾けるの？」

私はきょとんとした顔をして見せた。いきなり呼び捨てにされたことよりも、同じサッカー部員の大谷が自分の自宅にギターがあることを知っていたことに驚いたのだ。

思い返すと心当たりはあった。

確か先週、部活帰りに大谷が海外サッカーのビデオを貸してほしいと、家に寄っていったとき、リビングで父がギターを弾いていたのを興味深そうに見ていた。私は祐介に「ギターは父のもので弾いたことは一度もない」「音楽にあまり興味がない」と、やる気がない思いを一通り口にした。だが、そのときの細かい事情は、祐介には正確に伝わってないようだった。

「でもギターはあるんだろ？　じゃあギターは俺が教えてやるから一緒にやろう！」

そう言って祐介は尻尾を振る犬のように返答を求めた。私は首を縦に振る以外の選択肢は思い浮かばなかった。

「大谷もギターやりたいって言っていたから一緒に練習しようぜ！　今日学校帰りにウチ

に来いよ!」

展開が早すぎてついていけない私は、眉間に皺を寄せながら困った顔をして見せたが、祐介はあまり気にする様子もなく、私の知らないミュージシャンの話をして一人ではしゃいでみせた。すると大谷がタイミング良くやってきて、祐介の肩に腕をまわして絡むように話に加わった。

大谷は1年生にしてサッカー部のエースだった。すでに180センチほどある恵まれた体格と高い身体能力を持つ彼を止められる部員はおらず、上級生からも一目置かれている男だった。また、大谷は納得のいかないことがあれば先輩や教員にも食って掛かっていく性格で、校内でも少し浮いた存在であった。

そんな大谷と祐介は不思議と仲が良かったが、私は大谷のことを苦手にしていた。先週もサッカーのビデオを借りるために半ば強引に自宅までついてきた彼を面倒くさく思っていた。

立ち話をしている途中、急に祐介が「今日、お前も来るだろ?」と大谷を自宅に誘ったときは、「来ないでくれ」と心のなかで願っていた。やがて昼休みの終わりを告げるチャイムが鳴り響くと、祐介は私の肩をポンと叩き、「じゃあ、放課後な」と得意げに告げて自分の教室に消えていった。

そして放課後になると祐介と大谷は丁寧に教室まで迎えにやって来た。帰宅途中も浮かない顔をしていた私は、二人の後ろについて歩きながら、適当なことを言ってさっさと断ろう、と言いわけをずっと考えていた。

ところがこの日、祐介の家でよくわからない海外アーティストのライブビデオを観てしまったせいで、私のアイドルはマラドーナからアフロヘアのジミヘンドリックスに変わることになったのである。

オレンジ色の球体（今野メイコ）

フィリピンの南に位置するミンダナオ島。

ダバオ市の児童福祉施設「ジョイハウス」で働く今野メイコは、いつものように子どもたちを連れて施設の裏にある浜辺にいた。この日は浜辺で豪快に遊ぶ彼らの様子をカメラに収めていた。撮った写真は施設のホームページで使用する。

このジョイハウスは6歳から16歳を対象に作られた児童福祉施設だ。さまざまな事情により学校にいけない子どもたちや、孤児となった子どもたちがここに集まってくる。このミンダナオ島に、施設代表の澤田和弘がこの施設を作ったのは9年前。

その当時を知るスタッフから話を聞くと、インフラもままならないこの村に、外部から人が入ってくることはほとんどなく、外国人に免疫のない住民は彼にあまり良い印象を持っていなかったそうだ。ましてや外国人が自分たちの土地に児童施設を作るとなると地域住民の目は冷ややかで、批判も少なくなかったという。

それでも澤田は毎日のように地域住民とコミュニケーションをとるように心がけ、積極的に彼らの文化を学んだり、時には仕事を手伝ったりしながら、自分の敷地以外の行事にもママに顔を出した。そんな澤田の熱意に、住民たちも次第に心を動かされていった。

やがて、村で彼を悪く言う人は誰もいなくなり、今では国籍も肌の色も話す言語も違う澤田を、ジョイハウスの子どもたちは実の親のように慕っていた。


この施設にメイコが訪れたのは2013年の年が明けてすぐのことである。

山梨の甲府で看護師として働いていたメイコは、インターネットで「ジョイハウス」のホームページを偶然見つけ、ボランティアスタッフの募集をしていることに興味を持った。そして気まぐれに掲示板にメッセージを書き込んでみたのだ。はじめは質問程度で送ったメッセージだったが、先方のレスポンスが早く、メールでのやり取りを続けるうちに好感を持ったメイコは、いつしかミンダナオ島への出発を決意していた。

期待と不安で恐る恐る島に上陸したメイコを現地の人々は温かく迎え入れてくれた。これも澤田の積み重ねてきた努力のおかげだった。

メイコはここに来た当初、ひと月ほど滞在したら日本に帰ろうと思っていたのだが、ここで過ごすうちにそんな気持ちはどこかに行ってしまった。ダバオの中心部から少し離れたこの村にはカフェや娯楽施設はもちろん、日用品を手に入れるためのスーパーマーケットもなく、昭和初期にタイムスリップしたような生活に慣れるまで苦労した。しかし、何もなかったからこそ、メイコはこの村に無限の可能性のようなものを感じていた。

メイコは、以前から日本を出ることを漠然と考えていた。その思いが強くなったのは、

20代後半になって今の生き方に不安を感じるようになってからだった。その頃、自分が置かれていた環境に不満があったわけではなかった。仕事にもやりがいを感じ、周りの環境も良く、給料もそこそこもらっていた。心を許せる友人もいたし、家族も健康で、お気に入りのカフェも、行きつけのバーもあった。

その生活を続けていれば、結婚して家庭を持って幸せに暮らせるイメージも容易に想像できた。

しかし、改めて人生を振り返ったときに「自分が誇れるような生き方をしてきたか？」と問われると答えは「ノー」だった。

世間体を大切にする両親の顔色を見ながら大学へ進学し、卒業後は就職というレールになんとなく乗った。真剣に何かに向き合って取り組んだものがないせいか、やりたいことなど何もなかった。それでも不自由しない生活を送っていたのだが、それが今になって違和感に変わった。

「お姉ちゃんも家族ができたらきっと考え方も変わるよ」

2年前に結婚した妹が膝の上で子どもをあやしながらそう話していたが、そのときの私には響かなかった。心のどこかに雲がかったものを感じていたからだろう。メイコは自分に子どもができたときに自慢できるような生き方をしてみたかった。

誇らしい人生を生きた一人の女性として。

そしてメイコは思い切って日本を離れる決心をした。平穏な生活から離れれば何かが変わる気がしたからだ。

メイコがジョイハウスにやって来て1週間ほど経ったときのこと。

メイコは澤田に、今の生き方が幸せなのかを尋ねてみた。彼は、

「幸せだよ」

と即答した。

「メイコは幸せじゃないの?」

と澤田が聞いてきたので、メイコは「わからない」と答えた。わからないと答えたのは、このときもまだ葛藤をかかえていたからだ。澤田は私に何か言いたそうな顔をしていたが、優しく口元に笑みを浮かべているだけだった。


その翌日。

メイコが夕食の準備をしているとキッチンに澤田がやってきた。施設内のキッチンは風通しが悪くて、火を使うと熱気に包まれる。たった今来たばかりの澤田のシャツもすぐに汗ばんでいた。

「メイコ、西の浜辺に行ったことある?」

澤田は額の汗をぬぐいながら言った。メイコは「ううん」と首を横に振って答えると、澤田はニコリと笑ってそのまま建物の外に出て行った。メイコは不思議そうに首をかしげてから再び料理を続けた。

それから少しすると今度は子どもたちがやってきた。

狭いキッチンに子どもが3人。ドアの向こうにはまだ数人いる。ふいに男の子が恥ずかしそうにメイコの手を握った。いつも目をキラキラさせながらくっついてくる彼の名前はサムだ。この子の両親はサムが2歳のときに島を出たっきり戻って来ていない。澤田から話を聞いていたので、私はここの子どもたちが少なからず家庭に事情を抱えていることを知っている。

「ん？　何？　その顔はなんかたくらんでいるわね？」

メイコはいつものように日本語で話しかけた。タガログ語が話せないメイコは、日本語のほうが感情を込めて話せるぶん、コミュニケーションが取れる気がしていた。子どもたちはメイコを囲みこむと腕をつかんで外へ引っ張り始めた。メイコは慌ててコンロの火を止めるのが精いっぱいだった。子どもたちとゾロゾロと家の外に出ていくと、澤田が白い歯を見せながら待っていた。

「夕食は僕が作るから子どもたちと西の浜辺に行っておいでよ」

「え、今？　浜辺に何があるの？　後からじゃダメなの？」

メイコは困惑しながら澤田に目をやった。やることがまだたくさんあるうえ、みんなの夕食の準備を途中にしてまで、今その浜辺に行く意味が理解できなかった。

「この前、メイコが言っていた『幸せ』のことだけど、浜辺に行くと意味がわかるよ」

そう言うと澤田はメイコの手をひく子どもたちにウインクをして合図を送った。子どもたちはそれを見て、まだ言葉が口から出かかっているメイコを森のほうへと引っ張って行った。

「ちょ、ちょっと、待って、ちょっと！」

強引な子どもたちの案内に困惑しながら後ろを振り返ると、澤田が笑顔で大きく手を振っていた。

子どもたちに連れられて、道なき道を20分ほど歩いた頃、メイコはサンダルに入った砂利をとるため歩みを止めた。子どもたちに合わせて歩いていたせいで、息が上がり、自分の心音がやけに大きく聞こえた。心臓の音が少し落ち着くと、ふとメイコの耳に微かな波の音が届いてきた。浜辺が近いのだろう。

また急に子どもたちが走り出すと、メイコはひかれるようについて行った。丘に差しかかったところで、メイコの体力では彼らについていけず、だいぶ遅れをとりながら這うようにしてそれを登った。風に乗って海の香りがする。この丘の向こうに浜辺があるのだろう。

このとき、時間にすると数秒であったが、ふと、メイコは幸せについて考えてみた。お金をたくさん持っていて裕福なこと？　美味しい食べものがたくさんがあって、おなかいっぱい食べられること？　愛する人と一緒にいること？

あれこれ幸せの定義について考えていると、そもそも、澤田はなぜこのタイミングでここに自分を連れてきたのだろう？　という疑問にぶつかった。

ようやく丘を登りきったメイコは、その視線の先の景色に言葉を失った。

鮮やかなオレンジ色に塗り替えられた世界。それは今まで見たこともない景色だった。

夕日が空も海も大地もすべてオレンジ色に染め上げ、境界線を奪っている。

あまりに現実離れしたその光景に、メイコはしばらく目を離すことができなかった。子どもたちがそこに向かって駆けていくのが見えた。その光景はまるでオレンジ色に輝く空に向かって天使たちが舞っているようだった。大人たちに裏切られた傷を持ち、生きることに悩みを抱えた子どもたち。無邪気にじゃれあう彼らからは、そんな悲壮感は感じられない。

オレンジ色の球体は地平線の向こうに消え、やがて空を桃色に染め上げた。その染め上げられた世界で子どもたちは飽きもせず戯れていた。

メイコはサムがこっちに向かって大きく手を振っているのに気づいた。屈託ない笑顔は少し離れたここからでもよくわかった。服を着たままはしゃぐ子どもたちは、この後帰る体力など気にはしていないだろう。夕食の時間も、洗濯も、明日の天気も気にしていない。ただ幸せな時間を追いかけている。メイコは桃色に染まった世界を眺めていた。靄がかっていた生き方にヒントを与えられた気がした。

〈宇山祐介の事情〉 ハッピーバースデーを

2012年4月18日。

私（宇山祐介）は、最年長の教え子である緒形重治のピアノ発表会に立ち会っていた。この2ヵ月間、必死に練習した「ハッピーバースデー」が、いよいよ披露されるのだ。

用意した発表会用の一番広い教室にいるのは私と緒形、そして緒形の妻の静江の３人だけだった。緒形を慕って集まった生徒たちも、教室の外でじっと聞き耳を立てている。

緒形の指は優雅にゆっくりと鍵盤の上を散歩していた。

タイトなスーツに身を包んだ緒形がピアノに向かう姿は一流のピアニストのようだ。

一音一音をじっくりと確かめながら、緒形は練習のときと同じように弾いて見せた。あまりのテンポの遅さに別の曲に聞こえてしまいそうなフレーズだったが、彼が弾く音色にはそんなことすら超越する美しさがあった。

ピアノの横には、緒形を心配そうに見つめる静江の姿があった。静江は用意された席に腰を下ろすこともなく、ハンカチを握りしめながら、緒形の奏でる音色を一つ一つ丁寧に拾い上げるように聞き入っていた。緊張した空間を優しく包み込むようにゆっくりと「ハッピーバースデー」が流れていた。

私は一人、教室の隅でその贅沢なコンサートを見守っていた。

この日、緒形は銀座にある高級レストランで静江の60歳の誕生日を祝ったあと、夫婦二人でこの教室を訪れた。緒形が何と言って帰りのタクシーをここに誘導させたのかはわからないが、ほろ酔いだった静江は驚いただろう。なにせ着いたのは駅前の音楽教室だったのだから。

私は緒形との打ち合わせ通り、到着した二人をピアノがある一番広い教室に案内した。そこは教室内の発表会や、コンクールのリハーサルなどで使う部屋だ。

小柄で上品なたたずまいの静江は美しい着物姿だった。廊下を通る二人には、今日の事情を知る生徒たちから期待のまなざしが向けられ、理由がわからない静江は少し困惑した様子だった。

私を含む3人だけで行われた、この発表会は緒形の集大成だった。

「ハッピーバースデー」は一般的に弾くと、どんなにゆっくり弾こうと時間にして1分にも満たないような曲だ。この発表会のために緒形は約2ヵ月間、この教室でみっちりと練習した。

「必ず弾けるようになります」

と威勢良く言ったものの、まったくピアノを弾いたことがない緒形に基礎から教え始めた当初は少し不安だった。緒形もおそらくそれに気がついていただろう。しかし、それを感じさせない様子で緒形は2ヵ月間、愚痴も言わずにただ黙々と練習を続けた。

「どんどん上達していくのが自分でもわかるから毎日が楽しくてね」

緒形は照れくさそうに笑ってそう言った。後から思うと私に気を遣って言ってくれたのかもしれない。

私は優雅に曲が流れる中で緒方と交わした会話を一つ一つ思い出していた。

そして妻のために2ヵ月間練習した、ゆったりとした「ハッピーバースデー」の演奏が終わった。

こちらをちらりと見た緒形に対して、私は何度も小さくうなずいて見せた。

緒形はゆっくりと立ち上がり、静江に向かって小さくお辞儀をした。その姿はまるで名曲を弾き終えたジャズピアニストのように、紳士的で華やかなものだった。静江が、顔の前で優しく手をたたき、まるで憧れ続けたジャズ奏者を見るような眼差しを自分の夫に向けた。ハンカチで拭うことをやめた涙は静江の頬を伝っていた。

見計らったように哲也が花束を持って教室に入ってくると、ふわりとバラの香りが教室を包んだ。得意げに現れた哲也を見て花が似合わない男だと私は思ったが、無事に曲を弾き終えた安堵と彼のコミカルな登場でその場にいた全員が笑顔を見せた。

それまで背筋をピンと伸ばしていた緒形も、このときばかりは胸をなでおろすようなしぐさをみせた。緒形は哲也から花束を受け取ると、静江にゆっくりと歩み寄った。

「欲しいものを聞いても、何もいらない、というキミに本当に困り果ててね」

静江の前に立った緒形は、まるでこれからプロポーズでもするかのように話し出した。低い声で囁くように話す緒形の言葉は少なかった。ただ最後に「ありがとう」と36年連れ添った妻に短く感謝の気持ちを伝えた。長く人生をともにしてきた二人に言葉はそれほど必要ではないようだった。老夫婦の後ろで構える哲也が、こっちに向かって得意げに眉毛を上げた。

その日の業務が終わり、すべての教室を一通り見回って、私は誰もいないことを確認してから明かりを消してカギを閉めてまわった。明かりを消すと教室は何とも寂しそうに暗闇のなかに消えた。

「おう、おつかれ」

事務所に戻ると哲也が私の顔を見るなりニヤニヤしながら声をかけた。ニヤついている理由はわかっていたし、私も同じ気分だった。

「うまくいったな！　緒形さんすごいよな、ノーミスだったぜ」

嬉しそうに話す哲也を見て、ようやく落ち着きを取り戻していた私の気持ちもまた高ぶり始めた。まるでライブの打ち上げみたいに興奮した我々の話は、冷蔵庫で冷やしてあったビールの力も借りてさらに盛り上がった。

気がつけば終電を逃してしまい、その日はそのまま事務所に泊まった。

「なぁ、哲也、もう少しここでやっていってもいいか」

私は壁にかかったカレンダーに目を向けたまま言った。

「ああ、もちろんだよ、お前なら絶対そう言ってくれると思っていたよ。やってみると楽しいだろ？　お前向いてんだよこの仕事」

勝ち誇ったような声で哲也は言った。

「ああ」

と私はそのままカレンダーを眺めながら返事をした。

「あ、そうだ、哲也。お前、29日の夜って空いているか？」

私は財布からライブのチケットを取り出して哲也に尋ねた。

〈野崎哲也の事情〉　最悪の日

すべては私（野崎哲也）の思惑通りに進んでいた。いや、それ以上と言っていい。

駅前に構えた私の音楽教室には老若男女の生徒たちが集まり、数ヵ月先まで予約はびっしりだった。スタッフ同士の雰囲気もいいし、今のところこれと言ったクレームもない。自分でも怖いくらい完ぺきだった。何より、気心知れた昔からの友人である祐介を講師として招くことができたのは嬉しい誤算だった。

祐介には申しわけないが、彼の勤めていた会社の経営が危ういという噂を耳にしたときから彼を引き入れる算段をしていた。誰とでも器用に接することができる祐介が、この教室でレッスンする様子が私にはイメージできた。何より彼の人を惹きつける得体のしれない能力が、ここでどう発揮されるのか私自身見てみたかった。

祐介を講師として招きたかった理由はほかにもあった。

彼は昨年、6年連れ添った妻と離婚した。

2歳年上の彼の妻は知的で美しい女性だった。

ハワイで行われた身内だけの挙式には私も参列した。海外での挙式にもかかわらず多くの友人が訪れ、二人の人望の厚さがうかがえた。

二人の間に子供はいなかった。それでも外から見ていた私にとって彼らの生活は十分幸せそうに見えた。

しかし、仕事を独立させ、子供を作って家庭を築きたいという理想を持っていた祐介と、積み上げてきたキャリアを捨てず仕事を続けたいという妻との間ですれ違いが起こっていることを彼から聞かされ、すでに二人の間に修復できないほどの溝ができていることを知った。

二人は逃げるように仕事に没頭し、はじめは相談に乗っていた友人たちも次第に彼らから遠のいていった。

誰かが悪いことをしたわけではない。

しかし結果的に独りになった祐介はどん底にいた。離婚後はまるで抜け殻のようになってしまい、それに追い打ちをかけるように勤め先の会社の経営も傾いた。かつての生き生きとしていた祐介の姿を知る私にとって、目標もなく生きる彼の姿は見るに堪えなかった。

立ち上げたばかりの教室で大した給料を払えるわけでもなく、来てくれる確信もなかったが、ダメもとで祐介を誘ってみた。すると始めは渋っていたものの、彼が最終的に承諾してくれたときの喜びは表現しがたいものがあった。

「1ヵ月だけだからな」

そう言っていた祐介が、ここで働き始めてもうすぐ3ヵ月になろうとしていた。

2012年9月4日。

その日は火曜日で教室は休みだったが、午前中だけエアコンのある事務所で残務を行うのが日課だった。おそらく祐介もそろそろ来る頃だ。

私は事務所に来る途中で買ったドーナツとコーヒーの容器を紙袋から出して机に並べた。

アイスコーヒーが入ったプラスチック容器の蓋を外して一口飲むと、コーヒーの酸味が口に広がる。酸味を十分に楽しんだところでミルクを入れる。かき混ぜない。砂糖は入れない。この飲み方は私に影響を与えたミュージシャンがやっていた飲み方で、なんとなく真似をしていたところ、いつの間にか癖のようになった。今ではこの飲み方が一番おいしいと思っている。

薄くBGMをかけて、大きく椅子に寄り掛かった。

この日は朝から体調がすぐれなかった。

昨夜久しぶりに大谷と飲みに行ったが、それほど酒を飲んだわけでもなかった。

東京の大学に進んだ大谷は、今は都内のライブハウスで働いている。非常勤講師としてスカウトしてみたが、『いつかそんなことになったら面白いな』と笑ってごまかされた。昔は彼を毛嫌いしていたが、一緒に音楽をやるようになってからは仲が良く、大人になった今では一緒に仕事をしたいと思うまでになった。

大谷は付き合ったばかりの年下の彼女にフラれたらしく、まだ飲み足りなさそうな顔をしていたが、酒癖の悪いあいつに付き合っていたら、今頃もっと体調が悪くなっていたことだろう。

私は机の上のドーナツに手を伸ばした。一口それを口にすると、シナモンの香りが鼻を通った。机に肘をついて大きくため息を漏らしながら、頭が重く気だるいのを感じていた。

それからしばらくしてエアコンで室内が冷やされてきた頃、左手に違和感を感じた。指先がしびれているようで感覚がほとんどない。私は椅子に腰かけたまま顔を横に向けると、扉の開いた応接室に来客用のソファが見えた。終電を逃すと、このソファで良く寝ている。棚にはブランケットも入っている。

（やれやれ、風邪でもひいたか）

そう思いながら、ソファに身体を移そうと椅子から腰を上げたときだった。まるで胸の奥を直接鈍器で殴られたような強い衝撃が身体をめぐり、ナイフでえぐられるような痛みが襲った。

声が出せないどころか、呼吸すらできないほどの痛み。開けた口を閉じることができず、動悸が激しくなった胸を押さえながら、逃げるようにしてその場にうずくまった。額からは今まで流したことのない類の汗がジワリと湧き出した。

私は呼吸を整えようとしながら、冷静になるよう必死に努めた。しかし、不規則に襲ってくる胸の痛みはおさまることがなく、そのまま床に転がりこんでしまった。私は自分の身体にただならぬことが起こっていることを理解し、何とか楽になる姿勢を模索した。

震えていた手は鉛のように重たくなり、身体を起こすこともできない。それでもなんとか身を起こして、机の上にあるスマホに手を伸ばした。しかし、ようやく手にしたスマホも指先に力が入らず、あっさりと手からすり抜けてしまう。

バランスを崩して再び床に倒れこむと、その勢いで机の上の資料や譜面が、あたり一面にぶちまけられた。やがてとてつもない睡魔が襲ってきた。意識が遠くなっていくのを振り払いながら、譜面が散乱した床の上を這いずり、事務所の入り口へ向かった。

入り口まで行ったところで、この状態ではドアノブに手をかけることすらできないだろう、と思ったが、とにかくあがくことにした。

どれくらい時間が経っただろう。今いるのが夢のなかなのか、現実なのかはわからなかったが、どこからか懐かしい声が聞こえた。やかましく耳の横で声を上げている。

薄れた意識のなかで、本当にこいつは予定がない男だとつくづく思った。

〈宇山祐介の事情〉 制限とリズム

「もう少し入れて！　お願い！」

出来上がったケバブを受け取る前に指をさしてお願いすると、トルコ人の店主は手に持ったピタパンに気持ちばかりの羊肉を入れてくれる。ポイントは両手を合わせて、満面の笑みを作ることだ。

私（宇山祐介）は、哲也の音楽教室に足を運ぶようになってから、ほぼ毎日といっていいほどこのケバブサンドを食べている。昔からジャンクフードには目がないのだ。ケバブを頬張り、それをコーラで流し込む。これがまた絶妙にマッチしてうまい。

小さな窓から顔を出す店主と小話をしていると、後から若いＯＬ風の女性が二人やってきた。私は少し下がって二人の様子を見ていた。女性がケバブサンドをオーダーすると、店主はピタパンいっぱいの羊肉を盛り付けて彼女たちに渡した。それは常連の私のケバブサンドよりも明らかに多かった。

私と目が合った店主は気まずそうに笑いながら店の奥に消えた。この店はそろそろつぶれるだろう。

私が働く音楽教室の事務所はここから2ブロック先にある。

今日は休みだが、間違いなく哲也は事務所にいる。意外性のない哲也の行動パターンは大体知っていて、今食べている昼食まで容易に想像できた。シナモンのたっぷりかかったドーナツとMサイズのアイスコーヒーが、あいつのお決まりセット。まるでOLの昼食だ。

時間や規則に縛られるのが苦手な人に限ってルーティンを作りたがるという。哲也は物事の進め方にルールを作ることによって、自分のリズムを作っていると言っていた。


事務所のドアを開けるとエアコンの涼しい風が私を迎えてくれた。

室内からふんわりとシナモンの香りがしたので、私は「ほらね」と得意になった。部屋の奥のスピーカーから、うっすら聴こえるローリングストーンズの「ジャンピン・ジャック・フラッシュ」。懐かしい曲だった。昔、哲也と一緒にバンドを組み始めた頃にやった曲。

あいつはこの曲の間奏部分でいつもミスをして、そのたびに演奏が止まってメンバーから茶化されていたっけ。

私は「懐かしい曲聴いているな」と、ドアを開けたら哲也にそう言うつもりだった。

ところがドアを開けた私は、目の前の光景を見て言葉を失った。ひっくり返った椅子、散乱した書類と足元に転がるスマホ。その先に横たわる物体に一瞬うろたえたが、それが哲也だとわかるまで時間はかからなかった。それは昔のように悪ふざけをしている様子ではなかった。

哲也は瞼を震わせながらこっちを見つめていた。

私はすぐに哲也に駆け寄り、声をかけたが、微かに反応はあるものの彼に返事を返す力はないようだった。哲也の呼吸は浅く、肌の色は不自然なほど青白く染まり、額から流れる汗の量も尋常ではなかった。まるで糸を抜かれた操り人形のようにぐったりしている哲也に向かって、私は何度も呼びかけた。

やがてそれに意味がないことがわかると、思い出したようにスマホを手に取った。119に電話をかけるのは初めてだった。本当に繋がるか不安になったが、落ち着いてゆっくりとダイヤルキーを押した。コールが1回鳴ったところで男性が電話に出た。

「消防ですか？　救急ですか？」

電話の向こうの男性は恐ろしいほど冷静な声で話しかけてきた。おそらく〝できるだけ冷静に〟とでもマニュアルにあるのだろう。

私は「救急です」と答えて、できるだけ平静を保つように心がけて電話の向こうの男性と会話をした。哲也の状況や年齢、持病なんかを聞かれ、救急車がどれくらいで到着するとかそんな話をした。

電話で話している横で哲也の呼吸がどんどん弱っていくのがわかった。

「頼むから息をしてくれ！　目を開けろ、こっちを見ろ！」

私は願うように声をかけ続けた。

5分もすると救急車のサイレンが遠くから聞こえた。私は救急車を誘導するため外に飛び出したが、そのあとのことはもうよく覚えていない。

札幌に住む哲也の家族と連絡がついたのは、夜遅くになってからだった。翌日のフライトで哲也の母が東京に来ることになった。昔から付き合いのある私は、家族からの特別な許可（遠い親戚と嘘をついただけだったが）をもらって担当の医師から話を聞いた。

病名は〝左室緻密化障害〟というものだった。

医師は拡張型心筋症の一つだと付け加えていったが、まったく聞き覚えのない病名でピンとこなかった。頭の悪い人間でも理解できるように医師はわかりやすく説明してくれたのだろうが、どうにか理解できたのは、哲也の心臓に異常があることと、ペースメーカーと呼ばれる装置を体内に取り付ける必要があるということだけだった。

その夜、私は自宅で左室緻密化障害やペースメーカーについて調べた。

前者は調べたところで何が書いてあるのかさっぱりわからなかったため、おもにペースメーカーをつけた人たちがどのように生活をしているのかを調べた。

そもそも心臓は、血液を送り出すポンプであり、ペースメーカーはそのポンプに何らかの異常（不整脈など）が生じたときに備えて、その監視と治療を行うように設計されたものらしい。つまり、ずれてしまった心臓のリズムを戻すために、電気信号を与えてリズムを整えることができる代物ということだ。

ペースメーカーを装着した場合、さまざまな制限は伴うものの、症状によっては一般人と同じ生活を送ることが可能と記載されていた。スポーツも、旅行も、入浴も、食事も可能なのだ。「さまざまな制限が伴う」。この気になる部分をケアすることで、今まで通りの生活ができる可能性がある。調べれば調べるほど私は不安に駆られたり、希望を持ったり、さまざまな感情が湧き出てきて心が落ち着かなかった。長い夜だった。

哲也と会話ができたのは翌朝のことだった。

ベッドに横たわった彼は少しやつれた感じではあったが、思ったよりもケロリとした様子だった。

「悪かったな、急にこんなことになって。教室はどうなってる？」

こんなときに教室の心配を真っ先にされて唖然としたが、「こいつらしいな」と思って息をついた。哲也に代わって講師陣の管理をしなくてはならない私を察して尋ねてきたようだったが、実際のところ講師が不足していて、私が管理に回る余裕などなかった。返答に困ったが、私は昨夜のうちに昔の音楽仲間をあたって、臨時講師を確保したと彼に話した。

彼を心配させないために言ったでたらめだったが、その危機はあっさり解決した。経緯を聞いた大谷が非常勤講師として現れたのだった。

〈野崎哲也の事情〉　結局音楽じゃないの？

２０１１年10月末。

気の早いクリスマスツリーが街に現れ始めた頃、私（野崎哲也）は10年勤めた大手食品メーカーの仕事を辞めた。長年の夢だった音楽教室を立ち上げるためだった。

私が退職を申し出たとき、職場の誰もが耳を疑っていた。私が会社を立ち上げることも、私が音楽に精通していることも誰一人知らなかったからである。

職場での私は物静かを絵に描いたような真面目な人間だった。

入社当初から真面目に働いていた私は、上司や先輩から〝扱いやすい部下〟として評判が良かったように思う。コミュニケーション能力はお世辞にもあるとは言えなかったが、その分誰にでも敬意を払って接するように心がけていた。一方で半世紀以上も前に作られた会社の古いルールが作業の効率を落としていることに疑問を感じ、その変革にも乗り出していた。当然、そんな私を煙たがる上層部の人間も少なくなかった。

入社して8年が経った頃、他社の食品加工工場で起こった異物混入事件のあおりを受けて、イメージが悪くなった工場は、原油の高騰も相まって創設以来最大の経営難に陥った。異物混入を防ぐために、チェックや監視が義務化され、それらの人員配備による作業効率の低下や、監視カメラなどのセキュリティ強化による出費も経営難に拍車をかけた。

当然のように作業員たちからは不満の声が上がった。

打開策を打ち出せなかった上層部は、責任を押し付けるように、当時主任だった私を製造ラインの責任者に押し上げた。それはちょうど人員整理の話が周囲でちらほら聞こえるようになってきた頃で、職場の雰囲気も最悪だった。

そんななか責任者になった私は、製造ラインの管理・改善に取り組んで状況を変えようとした。まず私は各グループの作業工程と人員配置を見直す提案書を作成し、積極的に製造ラインの変革に乗り出した。

昔からの古いやり方を守ろうとする上層部は、はじめはこれを面白くなく思ったようだが、私はなんとか彼らを説得することに成功した。私の提案は結果的に功を奏し、製品のロスを激減させ、外注費や燃料費の大幅なコスト削減につながった。

作業員たちの負担は少し増えたものの、このピンチを見事に乗り切ったことは、社内的に高く評価された。

こうして部下や上司たちから信頼を得た私が、突然退職を申し出たものだから、さすがの頭の堅い上層部も慌てて慰留に努めてくれた。だが、私の意志は固かったので、結局退職するに至ったというわけである。

30歳を過ぎた身で安定した立場を手放し、畑違いの音楽教室を始める私に対して、周りは皆、首を傾げるばかりだった。

食品加工会社を辞めて1年が経った。

音楽教室を始めるために奔走した1年だった。

身体にかかる多少の無理は承知のうえだったが、まさか自分が心臓の病で制限のある生活をするようになるとは思ってもいなかった。目覚めると決まって目の前に無機質な天井が現れた。かつては天井に広がるいびつな模様を数えたこともあったが、その行為に何の意味もないことに気がつくまで少し時間がかかった。

薄っぺらいカーテン1枚で仕切られたプライベートルームは、畳2畳半程度の広さで、自分が横になっているベッドは、そのスペースの半分ほどを占領している。ベッドの隣には簡易型の冷蔵庫が設置されており、その上にはスイッチを入れたこともない薄型テレビが置いてあった。

カーテンの隙間からクリーム色のスライド型の扉が見えた。その手前には赤いラインが引かれ、赤いラインの向こうには担当医師の許可なく行くことができない。手術をうけたばかりの私は、しばらくこの狭い世界にいることしかできなかった。

「おはようございまーす！」

毎朝8時にこの声が聞こえる。同時に大きな台車が病室の前で止まる音が聞こえ、男性看護師が、トレイに乗せられた食品サンプルみたいな朝食を運んでくる。朝食の合図で同室の患者たちが一斉にカーテンを開ける。

同室には私のほかに3名の患者がいたが、皆無口で元気に「おはよう」と挨拶をかわせるような雰囲気はなく、目が合えば会釈をする程度だった。

「おはようございまーす。失礼しまーす」

朝食のトレイを持った男性看護師が、自分のいる病室にずけずけと入ってきた。彼は食事が乗ったトレイを各ベッドに設置されたテーブルの上に置き、いつも天気の話をしてから去っていった。その姿はまるで、プログラムされたロボットのようだった。

私はベッドから半身を起こすと、自分の身体の動きを確認するようにゆっくりと立ち上がった。「ふぅっ」と呼吸を整えてから窓の外に目をうつす。

入院したときはベッドの位置などどこでもいいと思っていたが、今では窓側のベッドが割り当てられたことが幸運に思えた。この窓が、自分と外界を結ぶ唯一の接点に感じられたからだ。

景色の先に、イチョウ並木が見え、扇形の葉が黄色に色づいて秋らしい景色が広がっていた。これといってやることもない私は、毎日それをただ、ぼーっと眺めていた。

朝の食事が終わる頃、それを見計らったように看護師がやってきて検診が行われる。ここでも毎日変わらない会話を交わす。この行為に何の意味があるのか、私はだんだん理解できなくなっていた。

看護師から渡された体温計で熱を測りながら、私はテレビ台の上に置かれた充電中のスマホに手を伸ばした。スマホの時計は朝の9時を表示していた。

私は1週間前にペースメーカーを体内に埋め込む手術をした。

マッチ箱ほどの大きさの機器を埋め込んだ左胸に今のところ違和感はなかったが、切開した傷跡が疼くのを感じた。ベッドの横に吊るされた無色の点滴液が、左手に刺さった針をつたって身体に流れていた。1日が長く感じるのはこのゆっくり流れる点滴液のせいだろう。

近頃、私は眠れない夜が続いていたせいもあってか、気分がすぐれなかった。

墨汁で塗りつぶされたような深い暗闇と、時間の経過を感じさせない静けさが、私の思考をあらぬ方向へ働かせ、右にも左にも動けない気持ちを揺さぶった。今自分は生きているのか、生かされているのか、ベッドの上で寝返りを繰り返しながら、見えない敵と孤独に戦っていた。自分を苦しめる心臓の病は、第一級障害に該当し、国からの助成金を得ることができる。特に高望みしなければ一人で十分生きていける生活を保証されるのだ。

しかし、何もしなくてもいいということは、かえって何かをしなくてはいけないという不安と焦りを生み出した。それは恐怖にも似た感情だった。

私は逃れるようにインターネット上で自分と似た境遇の人たちが書いた闘病に関するブログを検索するようになっていた。この先、どう生きればいいのか想像がつかない私は、何か突破口のようなものを探していたのかもしれない。

しかし、どのブログを見ても、どこか他人事のように感じてしまい、どうしても自分の置かれている状況と向き合うことができなかった。

気晴らしにほかのジャンルのブログに目をやることもあった。

ファッション、育児、映画、芸能…。あてもなく、どこの誰が書いたかもわからないブログを読み漁った。

そこで見つけたのが、安藤大輔という男性の「世界一周ブログ」だった。ヨーロッパ、アフリカ、東南アジア、南米。どこも私の住んでいる場所とはかけ離れた世界の話だった。偶然見つけた安藤大輔のブログは興味深く、私にとって大きな救いとなる存在となった。

安藤は各国の路上でギターを演奏しながら旅をしていた。

この「弾き語り」と呼ばれるスタイルで生計を立てている人は「バスカー」と呼ばれている。バスカーというのは、どうやらパントマイムやダンス、絵描きなど、路上で芸を見せる大道芸人全般を指す言葉らしい。私はバスカーの存在をこのブログで初めて知った。

彼の生き方を見て、「寝る場所は?」「風呂は?」「お金がなくなったらどうするんだ?」「安全なのか?」と、私はあれこれ想像しながら気持ちを高ぶらせていた。この無謀な冒険を綴った安藤のブログは、「旅人」ジャンルのブログランキングで2位以下を大きく突き放して1位を独走していた。

旅を開始したときの所持金はポケットに入っていた6000円のみという馬鹿げたもので、ヒッチハイクで知らない土地を周り、その日出会ったばかりの人の家に泊まったり、家がないときは公園で野宿をした。

そんな彼の旅は1年以上も続いていた。

私はリアルタイムで彼の旅を追うようになり、ブログが更新されるのを毎日楽しみにしていた。ユーモアに溢れた彼のブログを読んでいるときだけが、何事にもとらわれず安心して過ごせる時間だった。安藤の制限のない生き方は、今の私とは対極にあり、住む世界が違うとはまさにこのことだと思った。

私はペースメーカーが埋め込まれた左胸の上に、そっと右手を置いて目を閉じた。

安藤に自分の姿を重ね、自分が異国の路上でギターを弾く姿を想像した。

からりと晴れた空に雲はなく、その空は青く青くどこまでも続いている。気に入った街をみつけて、人通りの多い路地に腰を下ろす。ギターを弾きながら歌う自分の目の前を、さまざまな人種の人々がこっちをちらりと見ては通り過ぎていく。

やがて一人が足を止めると、一人、また一人と自然と人が集まってくる。自分の前には、小銭が入ったギターケースがあり、足を止めた欧米人が小銭を入れてくれる。

想像する旅のイメージは、私のもどかしい気持ちにほんの少しゆとりを与えたが、やがてそれが不可能だと考えるようになると、ぐったりするような倦怠感が身体を包んだ。

ブログに書かれる世界は私にとって決して届かない場所にあった。


入院して3週間ほど経った頃から、私は院内にあるカフェでほかの病室の患者たちと話すようになった。その頃になると見舞いに来る友人たちも極端に少なくなっていたので、院内で毎日のように顔を合わせる人たちと仲良くなるのは必然だったのかもしれない。

いつもグループの中心にいる西川という50歳半ばくらいの男性は、肺が悪いらしく、2年以上も入退院を繰り返している。彼は長老のような存在だった。

さっき通った先生とあの看護師はデキているとか、先週個室病棟に入院してきた若い患者は政治家の息子だとか、この病院の裏事情まで知っている。落語家のような西川の話は聞きごたえがあり、彼の周りにはいつも日替わりで人が集まっていた。

「お前さんは退院したら何がしたい？」「俺は来年の春に沖縄に行くんだ」

彼はいつも毒づいた口調で、ぶっきらぼうに未来の話をした。

私はここに来れば何かきっかけがつかめる気がしたので、どんなに気が乗らなくても毎日カフェに足を運ぶことを心掛けていた。

集まってくる人たちのなかには自分よりも若い人もいて、その病状は自分よりもはるかに重い人もいた。彼らは制限された生活のなかで自分と向き合い、前向きに生きている姿を私に見せてくれた。彼らに比べたら自分はまだマシなほうだった。自分の足で歩けるし、食事もできるし、会話もできる。やりたいことができる幸せを思い知らされたものだった。

自分が置かれている状況に対して悲観的になってしまい、つい見えなくなっていたが、自分にはまだ可能性に向かう力が残されているように思えた。同じ病状で孤独と戦い苦しんでいる人たちのために、自分ができることはないだろうか？　〝今の自分にできること〟は何だろうか？　それはシンプルだが、健常者であっても頭を悩ませる問題だった。

ある日、西川は突然ほかの病棟に移された。

彼の毒づいた話が聞けなくなるのは残念だったが、西川のおかげでカフェには定期的に人が集まるようになっていた。そして皆は西川が病棟を移された理由を、看護師に手を出したとか、先生に悪態をついたとか、適当な噂を作って楽しんでいた。同じ境遇だからこそ話し合える彼らとのこの時間は、私にとって大切なものになっていた。

カフェから病室に戻ると祐介が来ていた。

病院が教室からそれほど離れていないため、祐介は仕事の合間にふらりとやってくる。「こいつは本当に予定がないのか？」と心配になるほど、祐介は暇さえあればよく見舞いに来てくれた。

毎度彼が見舞いと称して買ってくるドーナツは、私の好物であったが、食事制限のある自分の口に入ることはなかった。祐介はそれを知っていて買ってくるのだからあきれて笑ってしまう。

「なぁ祐介、俺って今何ができると思う？」

私はドーナツを頬張る祐介に向かって唐突に聞いてみた。祐介は口にドーナツを咥えながら、手についた砂糖を袋のなかで落とすと、

「あー、何だろうなぁ。そんなもん俺が聞きたいよ」

と言った。私の突拍子もない質問に困る様子は見られなかった。

私は別に何かいい答えを期待したわけではなかったが、少しだけ残念に思った。すると祐介は視線を落としながら、差し入れで持ってきた文庫本を特に読むわけでもなくペラペラとめくり始めた。

「でもさ、お前って人に何かを教えるのってうまいよな、そういうのは向いていると思ったよ」

祐介はぶっきらぼうに言った。私は、「え？」と声を漏らした。

「ほら、お前って頭いいけどそんなに器用なほうじゃないじゃん？」

「うるせーよ」

私がそう言って割って入ると、祐介は安心したように笑いながら続けた。

「正直言ってお前って『講師』って感じしなかったからさ。何ていうか、その……最初は大丈夫かなって思っていたんだ」

祐介はそう言って鼻先を掻いた。

「でもさ、いざ始まってみると子どもとか大人とか関係なく器用に教えてるお前を見て安心したというか……感心したんだよ。やりたいことを見つけて実現に向かってるお前を素

直にすげーなって思った」

祐介は持っていた本をテーブルの上に置くと、それを丁寧に整える仕草をしながら言った。

「なぁ、ずっと聞きたかったんだけどさ」

祐介が声のトーンを変えて言った。

「最初、お前が俺のところに来て講師が足りないって誘ってくれたの、あれ嘘なんだろ?」

「何でそう思うんだ?」

ストレートな質問にドキッとしたが、私は慌てず返事を返した。

「だって、どう見ても講師は足りていたし、俺みたいな素人を入れる必要なんてなかったはずだよ。支払いだってキツかっただろ?」

「そうかもな」

と私がごまかすようにそう言うと、

「そうかもな、ってなんだよ」

と祐介は苦笑いを浮かべて言った。

「別にいいだろ、うまくいったんだから」

「うまくいってねーじゃん」

祐介がベッドの上の私を指さして言った。

今、教室は新規の生徒を断り、レッスンも縮小している。

私が倒れてからしばらくは大谷となんとかやってくれていたが、やはり運営までは厳しかったようだった。

おそらく私が復帰しても以前の状態には戻らないだろう。

そのあと、問診に来た看護師がかわいいとか、12階のナースステーションにもっとかわいい子がいるとか話題は変わったが、そんなに盛り上がらなかった。

「時間大丈夫か？」

時計を気にし始めた祐介に尋ねると、

「そうだな、そろそろ行くよ」

と言って席を立った。私が見送ろうとすると、祐介は、

「そのままでいいよ」

と迷惑そうな顔で言った。祐介はいつもこうやって帰るのだ。私は気遣うことなくベッドの上から手を挙げた。

「じゃあまたな」

と、いつもならそのまま去るはずの祐介だったが、その日は病室の赤いラインの前で立ち止まった。

「どうした？」

祐介は足元のラインをじーっと見つめていた。

「忘れものか？」

と声をかけると、祐介は思い出したようにこっちを振り返った。

「さっきの話だけどさ、結局音楽じゃないの？　お前にできるのってさ」

祐介は笑ってそう言うと、

「元気になったらまたやろうな」

と言い残して出て行った。

まんざらでもない顔で祐介が言い放ったその言葉は、それからしばらく経っても私の胸に残っていた。モヤモヤしていた気持ちのなかにわずかながら光が差し込んだようだった。彼の残した言葉は決して答えなどではない。しかし、まぎれもなく私の気持ちを押し上げるものだった。生きるというシンプルな目的のために必要なのは、こうした未来へ向かう活力なのだ。

その日から私は計画を練った。

できることは限られている。だからこそ私に迷いなどなかった。

私の名前はデイジー（チソン）

彼女の名前はハン・チソン。男みたいな名前だ。韓国で与えられたこの名前を、チソンは久しく使ったことがない。

大手家具メーカーの社員だった父が、横領の罪で有罪の判決を受けたのは、チソンが12歳のときだった。スキャンダルを好むマスコミが自宅や学校にまで押し寄せ、仲の良かった学校の友人や近所の人たちも冷ややかな目でチソンたちを見るようになった。

やがてそれがエスカレートすると嫌がらせやいじめに発展していった。

そんな生活から逃げるように、チソンは母と姉の３人で祖母のいる田舎に移り住んだが、そこでも噂はすぐに広まり、結局同じように犯罪者の娘として酷い仕打ちを受ける日々が続いた。それから名前を変えたり、何度も引っ越しを繰り返したが、すぐにマスコミが嗅ぎ付け、周囲に素性を知られるというイタチごっこが続いた。

もともと美容師だったチソンの母は、人前に出る仕事を避けるようになった。慣れない清掃員や工場での軽作業で生計を立てるほかに選択肢はなく、一家は幽霊のように細々と暮らしていた。守ってくれる大人も、相談できる友人もおらず、まだ幼かったチソンにとってそれは辛い日々だった。

それから数年が経ち、生活が安定し始めた頃、姉のソミンがアメリカの大学に行くことを母から聞かされた。姉を慕っていたチソンにとってそれは衝撃的な出来事だった。

ソミンはいつもチソンのそばにいてくれた。いじめに苦しんだときも、大人たちから嫌がらせを受けたときも、いつもかばってくれた。そんな唯一心を許せるソミンが、何の相談もなしにこの家を出ていく決断をしたことを、チソンはどうしても受け入れることができなかった。

それは自分たちを置いてこの地を離れる姉に対して、わずかながら裏切りに似た気持ちを抱いたせいもあったのかもしれない。なんにせよ、それからしばらくソミンとチソンはぎこちない時間を過ごした。

ソミンはことあるごとに、妹に気を遣っていたが、このときうまく接する術を知らなかったチソンは、つい姉を傷つけるような態度を取ってしまった。

渡米当日に母と二人で見送ったとき、空港でソミンはチソンを抱きしめながらずっと泣いていた。それは今まで誰にも見せたことがないような類の涙だった。相談相手もいないソミンが人知れず悩み、決断をしたことをチソンは、そのとき思い知った。

チソンは後に母から、ソミンは家族を呼び寄せるためにアメリカを選んだということを聞かされた。

その後、チソンは母と二人で新しい街に移った。引っ越した先は小さな古い家だったが広いキッチンを母は気に入ったようだった。キッチンの小窓から見える庭に白い雛菊が揺れていた。母はいつもそれを摘んで花瓶に挿していた。人々が話題にしなくなるくらい時間が経っていたせいか、その地には父の事件のことを知る人間は見当たらず、チソンたちの生活にようやく平穏が訪れていた。

ソミンがアメリカに旅立った一方で、チソンは家を出ることができなかった。

母の身を案じたということもあったが、チソン自身に一人で新しいことにチャレンジする勇気がなかったのが一番大きな理由だった。

なんとか素性を隠したまま大学を卒業したチソンは、そのまま移り住んだ街の旅行代理店で働いた。海外旅行専門の窓口を希望したのは、それが自分にできる精一杯の挑戦だったからである。

旅行代理店に入社してすぐに、海外研修で訪れたタイは、チソンの人生を大きく変えるものだった。そこはまるで映画のなかに紛れ込んだような異世界で、初めて自分の国を出たチソンの目に飛び込んできたものは、どれも刺激的に映った。

とくにチソンはバンコクの雰囲気が気に入り、研修が終わった後も連休を利用して何度も訪れていた。外に出たがらない母を無理やり説得して、一緒にバンコクを訪れたときには長年酷使してきた母の身体を労ろうと、いろんなマッサージやエステを試して回った。

このとき、母が艶を取り戻した自分の肌をさわって喜ぶ姿をみて、チソンは「この技術を学びたい」と思うようになった。いつかアメリカでエステサロンを始めたいと思うようになったのもこの頃からである。

目標を見つけたチソンは仕事をしながら学校に通い、整体や鍼灸、エステの資格を取得した。仕事との両立は大変だったが、目標に向かって没頭できることを見つけ喜びを感じていた。

転機が訪れたのはチソンが25歳になったときのことだった。

知人の紹介により、チソンはチェンマイにあるマッサージ教室でタイ式マッサージを学ぶことになったのだ。しかも家電付きの住まいも用意してくれるという好条件だった。教室の隣にあるサロンでエステのお店を手伝うことが条件だったが、施術の体験ができる絶好の機会ととらえたチソンにとっては、むしろ好都合に思えた。ただ、母を残して家を離れることに抵抗があったため、なかなかそのことを母に話すことができなかった。

悩んだチソンは、アメリカにいるソミンにこのことを相談した。

「あなたはとても優しい子。でも、それだけじゃ私たちのような人間は生きていけないの。

強く生きなきゃ」

その声は電話越しだったが、チソンはソミンに強く背中を押された気がした。

翌日、チソンが仕事を終えて自宅に戻ると、キッチンのほうからいい匂いがした。食卓には二人では食べきれないほどの料理が並べられていた。ぐつぐつと煮える鍋の音。母はキッチンで煮物を皿に盛りつけていた。

「今日はすごく豪勢ね？　どうしたの？」

子どもみたいにチソンがはしゃぐと、母は嬉しそうに笑いながら、

「タイに行きたいんでしょ？　ソミンから聞いたわ。お母さん嬉しくって」

と目元を緩めながら言った。

その顔を見たチソンは一瞬胸が苦しくなった。声が出せずに下を向いていると、母は自分が足かせになっていることを不憫に思っていたと話し、タイに行くことを優しく後押ししてくれた。


それからすぐ、チソンは勤めていた旅行代理店を辞め、初めて異国で生活することになった。出発当日、母は空港まで見送りに来なかった。

「またすぐに会えるから、空港には行かないわ。それに仕事も忙しいし」

母はさらりとそう言っていたが、おそらく涙を見られたくないのだと、チソンは思った。空港での別れの辛さはソミンのときに知っていた。

バス停まで見送りに来てくれた母は、娘に小さな紙の袋を渡し、「機内で食べなさい」と少し目を赤くさせながら言った。匂いで袋のなかにはチソンが好きな母の焼き菓子が入っていることがわかった。気丈にふるまっていた母だったが、バスの扉が閉まると気が緩んだように泣いていたのがガラス越しでもわかった。母は見えなくなるまで手を振っていた。

一人で海外に行ったことは何度かあったが、チソンは少し不安だった。

《年老いた私のことは気にしないで、あなたの人生を生きなさい。あなたが幸せになってくれることこそが、私の幸せだから》

焼き菓子と一緒に入っていた母の短い手紙には、白い雛菊が描かれていた。母が雛菊を花瓶に挿す姿を思い出すと、その不安はあふれ出す涙と一緒にどこかへ消えた。機内で食べたその焼き菓子の味を一生忘れることはないだろうと、チソンは自らの幸せを誓った。

そしてチソンは目的の土地・チェンマイに到着した。

慣れない土地での生活に最初はいろいろと心配もあったが、暑さにもすぐに順応できた。与えられた部屋は想像よりも狭く、エアコンなどもなかったが、韓国での生活もそれほど安定していたわけではなかったこともあって、それほど苦ではなかった。

そんなことよりも周囲の目を気にすることなく、気兼ねなく生活できることが嬉しかった。マッサージ教室の生徒は日本人が多く、韓国人は自分だけだったが、マッサージ実習のペアを組んだ日本人女性のナツミは韓国に留学していた経験があり、韓国語が堪能だったので、その点はラッキーといえた。

　年上のナツミは面倒見が良く、どこか雰囲気が姉のソミンに似ているとチソンは思っていた。チソンとナツミは互いにフィーリングが合い、住まいも近いため、いつも一緒だった。日本人の生徒が多いなか、言葉の通じないことに抵抗があったチソンが輪に入っていけたのも、通訳してくれるナツミの存在が大きかった。

「ねぇ、チソン。ニックネームはあるの？」

　ナツミが無邪気に尋ねてきた。

「ニックネーム？」

「そう。ニックネームよ。韓国にいたときは友だちになんて呼ばれていたの？」

　友人がいなかったチソンは返答に困ったが、ふと、母が好きだった花が頭に浮かんだ。

「デイジー（雛菊）…」

「デイジー？　かわいい名前ね！　そっちのほうが呼びやすいわ。よろしくねデイジー」

　その日以来、チソンは自らを名乗るときはデイジーと名乗るようになった。

　新しい土地で、新しい名前を手に入れたチソンはまるで生まれ変わったような気分と、希望に満ちた未来を感じていた。

〈宇山祐介の事情〉　友の旅立ち

２０１３年５月。

「今さらこんなこと言うのも変だけど、お前ほんとに行くのか？」

私（宇山祐介）は成田空港の国際線に向かう電車のなかで、哲也に尋ねた。

退院したばかりの哲也が〝旅に出る〟と話したとき、周囲の人間は冗談だと思って苦笑いするだけで、私もそのうちの一人だった。

〝心臓に障害を持った自分が異国でギターを教えながら旅をする様子をブログで発信する〟それが哲也の出した結論だった。

「制限がある今の俺の人生だからこそ、できることがあると思うんだ。俺と似たような境遇で悩んでいる人たちが、新たな可能性を見つけて一歩を踏み出すきっかけになってくれれば、俺が旅することに意味はあると思うんだ」

哲也は本気で言っているようだった。

そのときは、何かにすがりたいのであろう彼の気持ちを察して、皆「そうか」と曖昧な返事を返すことしかできなかった。まさか本当にこの日が来るとは誰が考えただろう。

海外に長期で旅行する場合、もしものことを想定して海外旅行保険に加入する。心臓に疾患を抱えた哲也は、普通なら保険など入れるはずもなかったが、どこでどう探してきたのか、一社だけ彼を受け入れてくれる保険会社を見つけてきた。

彼は着々と旅の準備を進め、マニラ行きのチケットを購入し、あとは出発するだけとなった。ここまでくると彼を止められる者は誰もおらず、無事を願って送り出すだけだった。

空港では大きなバックパックがかぶさるように哲也の背中を覆っていた。その見慣れない姿は見送りに来た者の気持ちを不安にさせた。隣にいた大谷はその雰囲気を壊そうとやけに饒舌だった。

「お前が旅の途中で野垂れ死んでも、教室は俺が引き継ぐから、安心して行ってこい」

昔と変わらない口調で大谷がそう言うと、哲也は拳を作って軽く大谷の胸をたたいて笑った。

搭乗手続きを済ませると、哲也と大谷、私の3人で近くのカフェに入った。2階にあるこのカフェに行くときも、哲也が息を切らせながら階段を上がる様子を見て心配になった。店内は少し混みあっていたが、タイミング良く空いたテラス席に3人は腰を下ろした。テラス席からはチェックインカウンターが一望でき、大きな荷物を持ったさまざまな人たちが列に並んでいた。

今まで海外旅行にそれほど縁がなかった私は、そこに座っているだけで異国にいるような浮わついた気持ちでいた。隣のテーブルでは、これから旅行に行くであろう4人組の若い女性が写真の撮り合いをしていた。哲也はぼんやりその様子を見ていた。

これから哲也がフィリピンへ旅立つというのに、3人で話すことは大して内容もないことばかりで、ほとんどが大谷の調べてきたフィリピンの夜遊びや風俗の話ばかりだった。まとわりつくようなまったりとした時間は心地良く、3人でテーブルを囲んで、くだらない話をしていると、20年前に時間がスライドしたような錯覚を感じた。

「すみませーん。写真を撮っていただけますか？」

急にカメラを持って話しかけてきたのはショートカットの元気のいい子だった。隣の席にいた4人組の女性の一人だ。おそらく大学生だろう。

「もちろんです」

と隣の大谷が得意げに名乗りを上げた。

大谷は女性からカメラを奪うように取り上げると、逆光にならない場所まで彼女たちを誘導した。それから、慣れたように写真のアングルについて指示をだすと女性たちもまんざらではない様子で従っていた。

「なんか懐かしいな、こういうの」

私は椅子にもたれながらボソッと言った。哲也はニヤニヤしながら何も返さなかった。

大谷が写真を撮り終えると、

「よかったら写真撮りましょうか？」

と、ショートカットの女性が、まだ幼さの残る笑顔をこっちに向けて言った。30を過ぎた我々は顔を見合わせて困った顔をしてみせた。

それから30分ほどするとカフェの客はほぼ入れ替わり、さきほどの女性たちも少し前に会釈をして出て行った。

「俺もそろそろ行くよ」

哲也はパスポートを取り出し、挟んである航空券に記載されている時間をもう一度確認してから言った。

「見送りって保安検査場の手前まで行けるんだよな？」

大谷がジャケットを羽織りながら言った。

「ああ、別にここでもいいけど」

と哲也は突き放すように言ったが、大谷はまるで聞こえていないようにテーブルの上にある3人分のコップを片付け始めた。大谷にさっきまでのふざけた雰囲気はなく、隠しているようだったがピリッとした緊張感をまとっていた。

私には心臓に爆弾を抱えた哲也が無事に旅から帰ってこられるとは考えられなかった。口には出さなかったが、これが最後の別れになることすら頭をよぎる。大谷もおそらく同じことを思っているだろう。

保安検査場に到着すると、そこにいた二人のスタッフが、乗客のパスポートと航空券を確認していた。

「ありがとな、見送りしてくれて」

そう哲也はぎこちなく言ったが、私は何を話していいのかわからなかった。

「じゃあ、いくよ」

と言って哲也はこちらに右手を差し出した。

シャツから除く哲也の右腕はやせ細っていて、とてもこれから旅を始めるような身体ではないことが一目でわかった。別れ際に握手をするとその手は冷たく感じた。

「じゃあな」

というあっさりした別れの言葉を残して哲也は背中を向けた。

パスポートと航空券を大事そうに持った彼は一度もこちらを振り返ることなく、キョロキョロしながらゲートの奥へと消えていった。私も大谷もお互いの持つ不安を口に出せないまま、しばらくそこに立ちすくんでいた。

メコンナイト（デイヴィット）

２００９年５月。

デイヴィットは、兵役を終えると幼馴染のジェイクに誘われるまま、東南アジアを周る旅に出発した。誘ってくれたジェイクもまた、兵役を終えたばかりだった。イスラエルで生まれ育ったデイヴィットは国外に旅行に出るのはこれが初めてだった。

イスラエルに住むユダヤ人と一部の宗派の国民は、18歳になると男性は３年、女性は２年、国防軍に徴兵される。そのためイスラエルでは、兵役を終えた後に大学に進学するのが一般的であり、兵役を終えた若者たちが進学や就職を前に長期の海外旅行に繰り出すのも通例となっていた。

旅先でデイヴィットとジェイクは、今までのうっ憤を晴らすかのようにはじけた。タイの離島では毎晩のように道行く女性に声をかけた。朝から酒を飲み、夜になるとパーティに入り浸った。デイヴィットはそれまで旅にあまり興味はなかったが、今となっては熱心にこの旅行に誘ってくれたジェイクに感謝していた。

シーパンドンと呼ばれるラオスの中州に位置する小島は、デイヴィットにとって楽園のような場所だった。〝４０００の島〟を意味するシーパンドンは、カンボジアとの国境に近く、ナカサンボート乗り場からボートで20分ほどメコン川を渡ったところにある旅人の隠れ家的な島だった。メコン川に沿って100メートルほどのびるメインストリートには、カフェやバー、ゲストハウスなどが立ち並び、ヒッピーたちで溢れていた。

この島では時空が歪んだような、ゆったりとした時間が流れている。ビールを片手にハンモックで揺られながら、メコン川に沈む夕日を眺め、夜になるとマリファナを吸ってバカ騒ぎをした。開けっ放しの窓から差し込む朝日と鳥の囀りで目を覚まし、また同じことを繰り返す。二人は流されるまま若さに身をゆだねた。

シーパンドンに着いてから6日目のこと。

その夜も二人は宿に隣接するバーで酒を飲んでいた。やがて遊び疲れたデイヴィットは、ジェイクに宿に先に帰ることを告げて部屋に戻った。

宿の部屋は値段の割に広々としたツインルームだ。デイヴィットは床に散乱した空のビール瓶を避けて歩きながらベッドに向かった。崩れ落ちるようにベッドに横たわると、身体がゆっくりと液体化して溶け込んでいくような気がした。メコン川の波音が心地良く、デイヴィットはそのまま深い眠りについた。

「デイヴィット、おい、デイヴィット」

自分の名前をささやく声でデイヴィットは目覚めた。どれくらい眠ったのだろうか。寝ぼけながら声のするほうに目をやると、窓から差し込む月明かりがベッドの横に立つジェイクの姿をぼんやり照らしていた。

「ジェイク？　ジェイクか？　どうしたんだ？」

デイヴィットは目を細めながら、酒で焼けた声を絞り出して言った。さほど広くない室内にはマリファナの匂いが充満していた。

「なぁ、デイヴィット、一緒にメコン川で泳がないか？」

「おいおい、今何時だと思ってんだ、勘弁してくれよ」

「スリルがあって目が覚めるぜ、なぁ、泳ごうぜ」

ジェイクの顔は暗くてよく見えなかったが、話す感じからマリファナで気分が高揚していることはわかった。

「ああ、ジェイク誘ってくれて嬉しいけど、明日にするよ、おやすみ」

デイヴィットは目をこすりながらジェイクに背を向けた。ジェイクはそのあとも、ベッドに腰かけてデイヴィットに話しかけ続けたが、やがてあきらめて静かになった。きしむ床の音でジェイクが部屋から去っていくのがわかった。

ジェイクの遺体がメコン川で発見されたのは翌朝のことだった。

もともと競泳の選手を目指していたジェイクは、軍に入隊してからもその技術に磨きをかけ、潜水に関していえばトップクラスだった。そんな男があっさりと溺死してしまったのである。昨日まで元気な姿を見ていたデイヴィットは、現実を受け止めることができなかった。

ジェイクの葬儀は自国で行われた。

遺体を搬送するのにかかった費用などは、すべてジェイクの旅行保険で賄われた。いつもなら保険に加入することなどしないジェイクだったが、まるでこうなることを予測していたように手が打たれていた。

あれだけ馬鹿騒ぎをしていた後だったので、いつか起き上がってきて自分を驚かせようとしているのではないかと思うほどだった。家族は皆打ちひしがれていたが、現実離れした世界での友の死に、デイヴィットは実感がわかず、特別な感情を持てなかった。

デイヴィットは兵役を終えたときにジェイクと交換したドッグタグを眺めながら、涙を流せないでいる自分が理解できずにいた。

片言のハングル（デイジー）

チェンマイの市場で買い物をしてから、デイジーはいつものように〝彼〟の姿を探した。腕にぶらさげた袋からは、さっき買ったセロリがひょっこり顔を出している。やがて市場の先から彼の歌声が聞こえてくると、デイジーは耳を澄ませながらその方向に向かった。

1ヵ月前、初めて彼の姿を見たのは市場の近くにある公園だった。

黒髪で同じアジア人の彼は、デイジーの行動範囲によく出没した。あるときは近所の公園であったり、人通りの多い路上であったり、この市場であったりと、彼は転々としながら、ギターを弾く場所を変えていた。

はじめはお互い目を合わせてニコリと笑顔を作る程度だったが、やがて挨拶を交わすようになると、デイジーは彼と話すようになった。

彼の名前は「テツヤ」。日本人だった。

テツヤはギターを弾きながら世界を周っていて、最近この街にやってきたのだと話した。旅の話に興味を持ったデイジーは、その日以来、彼の隣に座って話し込むようになり、いつしかそれが日課になった。

ナツミとの出会いで日本に興味を持ち始めていたデイジーは、テツヤと話すうちに日本に訪れたいと強く思うようになっていた。

「デイジーは日本に来たらどこに行ってみたい？」

それほど日本の地理や知識を持っていなかったデイジーは思い付きで「渋谷」と答えた。以前観た日本の映画で、思いを寄せ合う若い男女が数年後、渋谷のスクランブル交差点で再会するシーンがあったのを思い出したのだ。デイジーはそのシーンが印象的でよく覚えていた。

「じゃあ、デイジーが日本に来たら案内するよ」

そうしてデイジーはテツヤとフェイスブックを交換した。

テツヤは英語を話すのがうまいわけではなく、それを少し気にしていたが、デイジーからしてみれば、テツヤの卓越したギターテクニックとその歌声が立派なコミュニケーションツールになっており、言語の壁をカバーしていると感じていた。

「テツヤはなぜ旅をしているの？」

デイジーがそう尋ねると、テツヤは難しそうな顔をして昔の話を始めた。彼は何やら病院の話をしていたようだが、はっきりとはわからなかった。やがて言葉に詰まると、両手を広げてあきらめるようなしぐさをして見せた。

デイジーはテツヤに英語を教えるようになり、その代わりに彼はデイジーにギターを教えるようになった。決して流暢に話せるわけではなかったが、いつか家族でアメリカに移住するときのためにと覚えた英語が、こんな形で役に立ったことをデイジーは嬉しく思った。

はじめは週末だけデイジーの知り合いが経営しているゲストハウスに集まって英語を教えていたが、気がつけば毎日顔を合わせるようになっていた。テツヤはいつもノートを持ち歩いていて、そこに覚えた単語や文章を作って書き込んでいた。彼が熱心に書く文字は繊細で美しかった。

頭の良い彼は語学の吸収が早く、英語だけでなく、少し教えただけの韓国語も器用に使って見せた。時折、自分で調べた韓国語を披露してデイジーを驚かせることもあった。

〝デイジーまたね。君に逢いたいよ、明日も、その明日も〟

あるときテツヤが別れ際に韓国語でそう言ってくれたこともあった。彼の照れくさそうな顔が頭に残って、その日デイジーはなかなか寝付けなかった。

テツヤのギターを押さえる細くてきれいな指も、歌声も、覚えたばかりの片言のハングルも、そのすべてがデイジーの宝物だった。

待ち合わせ（今野メイコ）

児童福祉施設ジョイハウスで働くうちに、自分のやりたいことが見えてきたメイコは、思い切ってフィリピンを出ることにした。とりあえず各国の孤児院を訪れ、ボランティアをしながら旅をすること。そしてブログでその活動を発信していくことを目標とした。メイコは自分がジョイハウスを知ったときのように、誰かがこの活動を目にしてくれることを望んだ。

日本にいたままだったら恐らくこんなことを思いつかなかっただろう。ひょっとしたら自分の活動を見て誰かが行動してくれるかもしれない。そう考えるだけでメイコの胸は弾んだ。

2013年6月。マレーシア・ジョホールバル。

メイコがフィリピンを出てから2ヵ月が経とうとしていた。

衝動的に始めたブログは思いのほか好評で、日に日に増える読者からのメッセージや書き込みをみるのが楽しみだった。ただ自分の活動に対してすべての人が賛同してくれるわけではなかった。後押ししてくれる書き込みが増えるにつれ、少ないながら誹謗や中傷を含んだ書き込みも増えていた。

ある日の蒸し暑い夜のこと。

開けっ放しの窓から生ぬるい風が部屋のなかになだれ込む。さっきシャワーを浴びたばかりだというのに身体はすでに汗ばんでいた。

メイコは久しぶりに山梨に住む母に電話をした。

今、フィリピンを出て旅をしていることや、自分の活動を伝えたかったからだ。

「あら、あんた、ちょっと連絡もしないでどうしてたのよ。大丈夫なの？　お父さんと心配していたのよ」

母の緊張感のない声を久しぶりに聞いて安心したのか、メイコは抑えていたものが外れたように、最近の出来事や近況を話した。

「それで？　日本へはいつ帰ってくるの？　お盆には帰るんでしょ？」

これから自分のやりたいことを一通り話し終えると、母が少しあきれたように言った。

「え？　お母さん、私の話聞いてた？　私、今旅を始めたばかりよ？　まだ帰国のことなんて考えてないよ」

「そうだけど……でも、旅はもう散々してきたでしょ？　ボランティアなんて日本にいたってできるんだから、何もわざわざ海外でやらなくたっていいじゃない？　それにあんた、仕事もしないで自分の国に税金も納めていないような人がボランティア活動をしようなんて、なんだか順番が違うんじゃない？」

母との会話に温度差を感じるにつれて、電話の声が遠くなっていく気がした。

「とにかく、私はまだ帰らないから……」

母にそう告げてメイコは少し強引に電話を切った。

たいして話していないのに喉が乾いた。

思いが伝わらないことがこんなにも苦しいとは思わなかった。

今までレールの上を歩んできた自分が、ようやく見つけた意義を母にわかってもらいたかった。

メイコの書くブログの心ない書き込みにも母と同じようなことを書いていた人がいた。よくある書き込みだと軽くあしらっていたが、母もそのなかの一人なのだという気がしてならなかった。


やり場のない感情が身体をめぐっていた。

メイコの心は次第に大きく揺さぶられ、やがて悔しさと今までやってきたことへの虚しさで胸が締め付けられた。

その夜、メイコは自分の立ち位置や旅の意義について改めて考えてみた。メイコは気持ちを整理しながらブログを更新したあと、それを最後にブログを閉鎖することも考えていた。

——翌朝。

入れたばかりの安物のコーヒーは、まるで今のメイコの気持ちと同じような色をしていた。気持ちがぐちゃぐちゃして昨夜は眠れなかったメイコは、とりあえずパソコンを立ち上げてみた。ブログには数件の書き込みがあったが、読む気にはならなかった。また同じような中傷が書き込まれていたら立ち直れない気がしたからだ。メッセージボックスにも何件かメッセージがきていたが、これもまだ読む気になれなかった。

メイコはふと、メッセージの送り主の名前に目を留めた。それは、ジョイハウスの澤田からのメッセージだった。

引き寄せられるようにメイコはメッセージを開いた。

《メイコ。元気ですか？　君のブログをいつも見ているよ。メイコ、とても辛い思いをしたね。でもね、人がなんて言おうと自分の意思を貫く勇気は君の財産へとつながっていくものだよ。もしも君に迷っている気持ちが少しでもあるなら、このブログは決して終わらせてはいけないよ。君のブログから勇気をもらって一歩を踏み出そうとしている人もいるからだ。そんな人たちのためにも君が発信することは大きな意味を持っているんだよ》

澤田の言葉は文章に代わっても温かく、メイコの気持ちを落ち着かせてくれた。彼が島に孤児院を作ったときの苦労は、今のメイコの気持ちなどとは比較にもならないだろう。そんな彼の言葉に、メイコは胸が熱くなった。

メイコはぬるくなったコーヒーを一口飲む。目が覚めるような苦さが口のなかに広がった。慌てて冷蔵庫から取り出したミルクは賞味期限が怪しかったが、気にせずカップに注いだ。髪を1本に束ね、気を取り直してメッセージの続きに目をやった。

《先月、君のブログを読んでジョイハウスに来た青年がいるんだ。彼はここに音楽教室を作りたいって申し出てくれてね。一緒に楽器を作ったりして子どもたちも大喜びだったよ。君が発信したことで行動を起こしたり、幸せになったりしている人がいることをどうか忘れないで》

２０１３年７月。

メイコはシェムリアップに移動していた。シェムリアップはカンボジアの北西部に位置し、アンコールワットなど観光地の拠点となる街だ。

バスターミナルから歩いて10分ほどのところにある「シティプレミアム・ゲストハウス」は今年オープンしたばかりのゲストハウスだ。スタッフの気配りが行き届いており、今までメイコが宿泊したどのゲストハウスよりも清潔感があった。

入り口を入ってすぐの庭にはオーナーのこだわりが感じられるバーベキュースペースがあり、そこを通ってレセプションに向かう途中にバーカウンターがある。バーカウンターの柱には少し古くなったハンモックがかかっていた。

メイコの滞在は今日で４日目。

ここである男性を待っていた。メイコはハンモックに身体を預け、スマホをいじりながら落ち着かない様子でいた。

それは２週間前の澤田からのメッセージがきっかけだった。

《そうそう、そういえばその青年はカンボジアに向かうと言っていたな。君もこれからカンボジアに行くんだよね？　会ってみたらどうだろう？　彼は君にとても会いたがっていたよ。もし君が会いたいなら連絡先を教えるけど？》

メイコはためらうことなく澤田に連絡先を教えてもらった。

男性の名前は「野崎哲也」とのことだった。現在、彼とは連絡を取るためフェイスブックでつながっている。プロフィールには北海道出身の33歳の男性と記載されていた。

12時をまわった頃、一人の男性がハンモックに揺られるメイコの横を通り過ぎ、レセプションの前で止まった。この時間、レセプションにはスタッフがおらず、男性はキョロキョロしながら奥に進んでいった。ハンモックから身を起こすと、メイコは裸足のまま彼の後を追った。

「こんにちは……」

奥のスタッフルームに向かおうとした男に向かって、後ろから探るようにメイコは声をかけた。

「あのー、ご予約の方ですか？」

「あ、こんにちは。はい。予約をした野崎です。スタッフの方ですか？」

男はいきなり話しかけられて少し驚いた様子だったが、ニコリとしながら言った。

「いえ、違うんです。スタッフは買い出しに行っていて、今いないんです」

「そうか。いないのか、どうしようかな……」

「あの……ノザキ、ノザキテツヤさんですよね？」

メイコは背の高い男を少し見上げるようにして話しかけた。

「はい、そうです。あっ！　メイコさんですか⁉」

野崎は年齢よりもずいぶんと若々しく見える男だった。身長は１８０センチはあるだろうか。メイコは小柄な自分がさらに小さくなったように感じた。

ニュートラル（安藤大輔）

宮崎県の小さな町に生まれた安藤大輔は、12歳のときに父の影響でギターを始めた。父がビートルズの熱烈なファンだったこともあって、父の部屋にはギターをはじめ、さまざまな楽器が所狭しと並んでおり、物心がついた頃から安藤にはギターをやる環境がすべて揃っていた。安藤は、身体に染みこませるようにビートルズの曲を練習した。

1年ほど経つとコピーでは満足できなくなり、自分で曲を作るようになったが、気の合う友人もおらず、周囲にバンドを組めるような環境がなかったため、安藤はいつも一人だった。

やがて自分の作った曲を誰かに披露したくなると、時間を見つけてはギターを持って街や公園に出向いた。孤独に始めた弾き語りだったが、だんだん足を止めて聴いてくれる人が現れ、曲のリクエストをされるようになると、それがさまざまなジャンルの音楽を覚えるきっかけになった。人間観察をしてみると、公園でも、街角でも、どこに行っても決まったルーティンで人は動いていた。毎日決まった時間に同じ顔触れが安藤の前を通り過ぎていくのだ。

もともと安藤は人前に出ることが好きだったわけではなかったが、弾き語りを通じて出会う人たちが、ルーティンから抜け出すように安藤の前で足を止めてくれるのが嬉しかった。

そのうち小銭がギターケースに入るようになり、多いときには1日で3万円も入ることもあった。ときどき警察がきて、演奏をやめて移動するように注意を受けることもあったが、もともとお金を稼ぐために始めたわけではなかった安藤にとっては、居心地のいい場所から離れなくてはいけないことのほうがつらかった。

安藤は20歳のとき、弾き語りで稼いだ小銭とギターを持って、日本全国を旅してまわった。大きな志《こころざし》があったわけではなく、どこに行ってもギターがあれば生きていけることに味を占めた安藤は、隣町にふらりと行くような感覚で旅をしてみたのである。

旅を始めてからあっという間に3年の歳月が過ぎた。とりあえず実家に帰ることにした安藤だったが、これといって旅を終える理由もなかったので、それは一時帰宅するだけの『寄り道』でしかなかった。

安藤は日本各地を旅していたときにさまざまな人たちに出会った。自分も昔は旅をしていたという人や、世界を知る人たちにも出会った。

「旅人は引き寄せあうものなの」

そう教えてくれたのは、仙台で出会った辻本英恵《はなえ》という50代の女性だった。

彼女はヒッチハイクをしていた安藤をつかまえて自宅に招き入れると、好きなだけいてもいいと言ってベッドと食事を与えてくれた。20年前、南米でジャーナリストをしていたという英恵の話はどれも興味深く、安藤の旅に対する考え方に大きな影響を与えた。仕事を終えて帰ってきた夫の晴典も、この状況に慣れているのか、突然の訪問者を見て驚く様子もなく、あっさりと安藤を受け入れてくれた。

晴典は英恵とは対照的に物静かな人だったが、酒が入ると饒舌になり、安藤にウイスキーの味を教えてくれた。そうして毎晩3人で晩酌をした。

晴典は勤めていた新聞社で英恵と出会い結婚したことや、新婚旅行は二人で世界を一周したこと、旅行中に英恵が女の子を身籠ったこと、娘の美和は現在都内の大学に通っていること、本当は男の子が欲しかったことなど、身の上話を毎晩安藤に語った。

「旅人ってとてもニュートラルな状態なの」

あるとき、英恵がとろりと酔った口調で言った。

「社会に身を置いているようで、そうでなくって、世のなかに存在していないような立場であって……。だから、南米にいた当時は中立的で自由な発想を持てたわ。出会う旅人もそういう感じの人たちが多いから、自然とお互いを認め合うし、求め合うの」

だからヒッチハイカーや自転車で旅をしている人を見つけると、懐かしい感覚を思い出して声をかけるのだと言っていた。


2011年4月。

安藤は自宅を出て少し歩き、大通りに出ると、背中に背負った大きなバックパックを地面に置いた。ずっしりした鈍い音が大地に響くと、安藤は道路に向かって腕を伸ばし、右手の親指を立てた。この親指が様々な出会いと経験を与えてくれる。安藤にとってヒッチハイクは人生そのものといえた。

5分ほど経ったところで軽自動車が目の前で止まり、安藤は窓を開けた若い男性に向かって慣れたように挨拶をした。鳥取に向かっていることを話すと、男性は佐世保まで行くからそこまでなら、と乗せてくれた。

安藤の目的は、鳥取の港から出る釜山行きのフェリーに乗ることだったが、出航は1週間後だったので急ぐ必要はなかった。感覚的には隣町に行くのとそう大して変わらない。安藤はただ、海の向こうに自分の世界を広げることだけを考えていた。

〈野崎哲也の事情〉 失敗の定義

私（野崎哲也）は小さい頃、サッカー選手になりたいと思っていた。

それは漠然とした夢ではあったが、今でもはっきりと覚えている。誰もが同じように幼い頃は夢があったはずだ。〝お花屋さん〟〝先生〟〝宇宙飛行士〟〝歌手〟……。昔の夢を聞けば皆、当時のことを思い浮かべながら、かつての自分の夢を答えてくれる。しかし、質問を変えて〝その夢をいつあきらめたのか〟と聞かれると、それを覚えている者は意外と少ない。

２０１４年2月。

旅人となった私は、バンコク市内のカフェでアイスコーヒーを飲んでいた。

「テツヤさん、いつもその飲み方ですよね」

私がアイスコーヒーを一口飲んでからミルクに手を伸ばすしぐさを見て、最近知り合った日本人の福士智仁は好奇な眼差しを向けた。

「この飲み方が一番うまい気がするんだ」

と返して私はカップを口に運んだ。

私が旅に出て9ヵ月が過ぎた。

序盤は崩しがちだった体調も身体が旅のリズムを覚えてきたせいかだんだん慣れてきたようだ。自分で言うのもなんだが、英語での会話もずいぶんスムーズになった。今ではゲストハウスで出会うさまざまな国の人たちとの会話が楽しみで、自分から話しかけることが多くなった。

これもすべてデイジーのレッスンのおかげだ。

彼女は嫌な顔一つせず、毎日私の勉強に付き合ってくれた。日記や旅の情報を書き留めていたノートはもはや英語の単語帳と化していた。

私が福士智仁と出会ったのは、数日前に宿の近くにある公園で、地元の子どもたちと彼がサッカーをしていたのを見かけたのがきっかけだった。

福士は坊主頭で体格のいい体育会系の男だった。若い頃に本気でプロを目指していたという彼は、市内のショッピングモールで購入したというサッカーボールを持っていた。福士が言うには、このあたりでは公園でボールを蹴っていれば大人も子どもも関係なく加わってきて、すぐ友だちになれるのだという。消防士という立派な肩書を持つ福士は、長期休暇を利用してよく東南アジアを旅行しているそうだ。

私も昔サッカーをやっていたが、恥ずかしくてそのことは言えなかった。

31歳と自分と歳の近かった福士とは何かと波長が合い、数日だったがバンコクでの行動をともにした。消防の救急隊員である彼は、心肺停止の患者を搬送することも珍しくないらしく、心臓について私よりも豊富な知識を持っていた。

私が自分の病気ことには触れずに、彼に救急現場の詳細を尋ねると、

「いいですけど、そんなに面白い話じゃないですよ」

と前置きしてから話をしてくれた。

「現場に到着してから病院に患者を搬送するまでの間って、予想していないことがたくさん起こるんです。一応、マニュアルとか医師からの指示とかはあるんですけど、結局やるのは自分なんです。だから患者の状況を見て、最も適した決断を瞬時に導き出さなきゃならないことが多いんです。しかも、ドクターと違って救急の人間は、基本的に薬を使うことやその場で手術することはできないんです」

「え？　じゃあ、何もできないまま搬送するしかないってこと？　心臓が止まっちゃったらどうするの？」

私が質問すると、

「コレですよ」

と言って、福士は両手を重ねて心臓をマッサージする仕草をして見せた。

「心臓の停止は患者の死に直結するから何としてでも動かします。たとえ肋骨が折れたとしても心臓さえ動いていれば、病院で待機しているドクターが何とかしてくれるので」

と彼は続けた。

この日の夜、私は福士をルンピニ公園にある屋台に案内して、チムチム鍋と呼ばれるバジルをたっぷり入れたタイ北部の伝統料理を紹介した。観光客や地元の人で賑わうこの屋台は、デイジーが教えてくれた場所だった。私は彼女ともよくここに来ていた。

チムチム鍋というのは、卵が絡んだバジル風味のスープで煮込まれた鶏肉や野菜を、香辛料の効いたタレにつけて食べる料理である。少し風変わりだが、これがまたうまい。外の気温は夕方になると少し落ち着くとはいえ、30度近い気温のなかで鍋料理を屋外で食べるというスタイルは、異様であった。屋台の煙に囲まれながら汗を垂れ流して食べる鍋料理に、私もはじめは慣れなかったが、不思議とクセになるこの味に引かれて何度もここへ足を運ぶようになっていた。

この鍋が気に入った様子の福士は、身体から吹き出す汗を補うように豪快にビールを喉に流し込んでいた。私は医師にアルコールの摂取は禁止されていたが、ここまで見せつけられると、飲まないという選択はかえって身体に毒な気がした。結局、私は福士に勧められるままに1杯だけビールをオーダーした。この日、久しぶりに飲んだ安物のビールの味は格別だった。そして私はビールを飲みながら、福士に質問をぶつけてみた。

「福士君、もし搬送する前に自分の判断が間違っていて、事態を悪化させるようなことがあったら……とか、そういうことは考えたことはある？　自分のミスが患者の死に直結する可能性もあるわけじゃない？　そういうのって怖くないの？」

「うーん、恐怖は常にあります、ないといったらウソになるし……」

そう言って福士は隣にいた店員にビールの追加をお願いした。

「でも、失敗の定義って何ですかね？」

「えっ？」

私が急な質問に少し考え込むと、福士は箸を鍋に突っ込んでから話し始めた。

「失敗って、怒られることですか？　恥をかくことですか？　俺はそうじゃないと思うんです」

福士は鍋の火力を気にしながら言った。

「あとで後悔することです」

私の目をまっすぐ見ながら、福士は言った。

「最善を尽くせない場合もあります。間違った判断をしてしまうこともあるかもしれません。でも、〝あのときもっとできたんじゃないか？〟が一番怖いんです」

福士は何かを思い起こしながら話をしているようだった。

「今までも、これからもきっとそういう思いと向き合いながら、この仕事をすることになると思うんです。だから俺はそんな悔しい思いをしないように、いつでも全力で挑めるように準備しています」

彼は丸太のような腕に力こぶを作ってポンっと叩くと最後に笑って締めくくった。その言葉には若くして説得力があった。おそらく自分が想像できないような状況に追い込まれたことがあるのだろうと私は察した。

「あの、テツヤさん、ちょっと聞いてもいいですか？」

「え？」

「実は気になってたんです。それ、ペースメーカーですよね？」

そう言って福士は私のシャツから除く手術跡を指さした。

「違っていたらすみません。さっきチラッと見えたときに気になって…。その傷跡って、よく現場で見かけることがあるんです。心停止の患者がいる現場では最初に確認するので、多分そうかなって」

私は手術跡を隠すようにシャツのボタンを留めながら頷いてみせた。

その夜、私は彼に自分の心臓のことを話した。自分が悩みぬいた末に出した結論がこの旅にあることも話した。何かあったときのために、このことを知っておいてほしかったわけではない。もし今、この心臓が止まったとしても自分はこの旅に後悔はない。私はそのことを彼に伝えた。

野次馬とクラクション（デイジー）

２０１４年３月。

デイジーは、テツヤがよく口にしていた言葉を思い出していた。

〝どこの国の人間も個人同士では仲良くすることができるのに、なぜ国同士になるとこんなに対立するのだろう。尊重し合うことも、助け合うことも、愛し合うこともできるのに〟

いつもと同じようにチェンマイの市場で買い物を済ませたデイジーは、テツヤの姿を探していた。手にした袋には梨とパッションフルーツが入っている。

市場は賑わっていたが、この日はいつもと少し様子が違った。デイジーは人だかりの中心で騒がしく声をあげている数人の男性に気づいた。市場の雰囲気がおかしいのは彼らのせいだろう。何を言っているかはわからなかったが、殺気立った緊張感に、デイジーは少し嫌な感じがした。

身を乗り出して人だかりの中心をのぞき込むと、地面に人が倒れているのが見えた。デイジーは、かかわらないようにその場を後にしようとしたが、一瞬見えたその男性に見覚えがあるような気がした。気になって再度、倒れた男性を確認すると、それはテツヤだった。

市場の人たちは血相を変えて倒れているテツヤのまわりで何かを叫んでいた。言葉はわからないが、それは助けを求めているようだった。デイジーは野次馬をかき分けてテツヤのもとへ駆け寄った。袋から買ったばかりのパッションフルーツが落ちて転がった。横たわる彼の顔は別人のように青白くなっていて、身体は小刻みに震えていた。

デイジーはテツヤを周囲の人たちから奪うようにして抱きかかえると、何度も彼に声をかけた。周囲にいた人たちもデイジーがテツヤの知人だとわかり、しきりに何かを話しかけてきたが、タイ語がわからなかったため、彼らが何を言っているか理解できなかった。

震えるテツヤを見たデイジーは、自分の身体を押し当てて冷たい彼の身体を温めようとした。それが正しい行為なのかはわからなかったが、今はそうすることしかできなかった。それを見ていたまわりのタイ人が次々と上着を貸してくれた。彼らの優しさが、デイジーを少しだけ冷静にさせた。

やがて、人だかりをかき分けて、デイジーの前に坊主頭の男性が現れた。無精ひげで、がっしりとした体つきのその男は、デイジーに抱かれるテツヤに向かって声をかけた。時折、〝テツヤ〟と名前を呼んでいるところをみると、どうやら知り合いらしい。男は、心臓マッサージをする仕草を私に見せ、テツヤを地面に寝かせるように指示した。周囲にいた地元の人たちも手伝って、テツヤをそっと地面に移動すると、男は上着を脱いで心臓マッサージを始めた。

いつもは賑やかな市場に緊張が走り、周囲の人達の顔に不安そうな色が浮かんだ。テツヤの顔色はさらに青白く変わり、もはや生きていることすら疑わしいほどで、事態の深刻さを周囲の人たちも理解しているようだった。間もなく誰かが呼んだトゥクトゥク(三輪タクシー)がクラクションを鳴らしながらやってきたが、男は心臓マッサージに集中しており、手を止めなかった。周囲にいたタイ人たちはトゥクトゥクに向かって激しい仕草で手を振って声を張り上げているが、人だかりでここまで入って来られないようだった。

男はトゥクトゥクが入ってこられないことを悟るとマッサージを止め、テツヤを担ぎあげて、トゥクトゥクに向かった。そして後部座席にテツヤを乗せると、心配そうについてきたデイジーに会釈をして運転手の肩を叩いた。

あっけにとられたデイジーは、その場に立ちすくむことしかできなかった。

テツヤを乗せたトゥクトゥクはクラクションを鳴らしながら、荒々しい運転でその場を去っていった。

　騒ぎが収まった路上には数枚の上着が散乱していた。デイジーは上着を貸してくれた人たちにそれらを拾って丁寧に返した。デイジーは声をかけてきた市場の男性がしきりに指さしているのに気づいた。男性が指さすほうを見ると、そこにはテツヤの私物らしきものが残されていた。いつも持ち歩いていた黒いバッグには見覚えがあったので、それがすぐに彼のものだとわかった。

　デイジーは砂だらけになったバッグを拾い上げ、砂を払うと、空いていたバッグのなかからノートが落ちてきた。哲也がいつも英語を勉強するために使っていたノートだ。ノートには覚えたてのハングルや英語がびっしりと書き込まれていた。デイジーは強く胸が引き裂かれるような思いがした。整理できない頭のなかで、〝これが彼との最後の別れになるのではないか？〟という疑念が浮かび始めると、それがたまらなく怖くなり、デイジーの目にじんわりと涙が湧き出てきた。

〈宇山祐介の事情〉　隠しポケット

　２０１４年４月20日。

　私（宇山祐介）が哲也の帰国を知ったのは、北海道の実家に住む母からの電話によってだった。

〈哲也君、帰ってきたみたいよ。祐介、あなた知ってた？〉

旅に出た哲也とはこまめに連絡を取り合っていたが、ここ最近返信がないことを心配していた矢先のことだったので、私は思わず声を失った。

〈哲也君のお母さんに昨日スーパーで偶然お会いしたんだけど、哲也君、帰国してそのまま札幌の病院に入院しているらしいわ〉

私は母にいろいろと尋ねたが、詳しいことはわからないと、困った様子だった。

状況がつかめず、このことを大谷に相談すると、「こっちのことはいいから行ってこい」と背中を押すように言ってくれた。


札幌にある哲也の実家を訪れたのはその2日後だった。

哲也の実家に上がるのは何年ぶりだろうか。少し白髪が増えた哲也の母は昔と変わらない様子で私を家に入れてくれた。昨日、急に電話をかけたにもかかわらず、電話に出た哲也の母に驚いた様子はなかった。どうやらそろそろ私から連絡が来る頃だと思っていたらしい。

昨年リフォームしたというリビングは変わっていたが、テレビ台の横のスタンドに立てかけられたギターに懐かしさを感じた。

「おじさんはまだギターを?」

「ええ、今も変わらずよ。この前も1本買ってきたんだから」

と言って部屋の奥にちらりと見える別のアコースティックギターに目を向けた。そして昔と変わらない優しい笑みを浮かべながら、紅茶を入れてくれた。2階から現れた哲也の

父は相変わらず口数が少なかったが、

「お互い歳をとったね」

と20年ぶりの再会に嬉しそうな顔をしてくれた。

なぜ私がここに来たかは電話で話していたため承知のはずだったが、本題をうまく切り出せないでいると、少し場の空気が悪くなったような気がした。

「それで……哲也のことなんですけど」

と話題を変えると二人は顔を見合わせて表情を少し変えた。

「わざわざ遠いところきてくれてありがとう、迷惑をかけたね」

哲也の父はそう言って悲しそうな顔を一瞬見せてから、哲也が2週間前に日本に帰国したことを教えてくれた。

日本の医師が言うところによると、慣れない環境が身体に負担をかけてしまったせいもあって、哲也の心臓はもうペースメーカーでは対処できないほど弱りきり、かなり深刻な状態だという。

そして、哲也に残された道は『心臓移植』しかないということだった。

ドナー待ちの登録は済ませたが、適合者が現れるまで少なくとも4、5年はかかること。海外だと適合者がもっと早く見つかる可能性はあるらしいが、その場合は3億円という想像を絶する費用がかかること。哲也の容体が安定して身体が回復し次第VADと呼ばれる人工の補助器を心臓に取りつける手術をすること。

哲也の父は落ち込んだ様子で淡々と息子の状況を説明した。

それから私は哲也に面会するため、入院している大学病院に向かった。普段は車を使って移動するのだが、この日はなんだか歩きたかった。

この街で生まれ、幼少期も10代もこの街でたっぷり過ごしたはずなのに、慣れ親しんだ道を歩くと、ふわふわしたぎこちない感触が足の裏から伝わってきた。感情が定まらないのが自分でもよくわかる。ゴールデンウィーク前にまとまった雪が降ったらしく、路肩には雪が少し残っていた。

札幌市内の大学病院に到着した私は、受付で面会の申請をしたあと、哲也の病室が別館にあることを知った。

「野崎哲也に面会なんですけど」

11階のナースステーションでそう尋ねると、テキパキした様子で看護師が病室を調べてくれた。病室に向かう途中、白い蛍光灯に照らされる長い廊下には誰も歩いておらず、自分のスリッパが床をたたく音がやたらと大きく聞こえた。慣れない無機質な空間のせいか、喉に渇きを感じた。

哲也の病室に到着し、おそるおそるなかに入ると、すぐにクリーム色のカーテンが現れた。

「哲也、入るぞ」

私はカラカラの喉から小さな声を絞り出すように言うと、そっとカーテンを開けた。薄っぺらいカーテンがやけにずっしりと重たく感じた。目の前に大きめのベッドが現れ、そのうえに横たわった哲也がいた。

彼は虚ろな目で天井を見つめていた。

周りには医療ドラマで見るような機材が並んでいる。

こっちに気がついた哲也は、一瞬驚いたような顔をしたように見えたが、その表情に意思があるとは思えなかった。管の刺さったやせ細った腕が、すべてを物語っているようだった。

私は現実を直視できなかった。病床の哲也に少し声をかけたところで、哲也の母が病室に入ってきた。私は何と声をかければよいかわからずその場に立ち尽くすだけの自分が悔しかった。

痛々しく変わり果てた哲也の様子を見た私は、病室を出た後もしばらく言葉を失っていた。

「祐介君、病院まで歩いてきたの？　よかったら送っていこうか？」

目を赤くさせた私を気遣うように哲也の母は声をかけてくれた。

「ウチで少しお茶でも飲んでいきなさいよ、さっきケーキをいただいたんだけど食べきれなくって」

そう言うと去年購入したという軽自動車に「いいから、早く乗って」と、少し強引に私を乗せた。哲也の母が運転する車に乗るのは初めてだった。

病院から哲也の実家までは車で5分ほどの道のりだったが、気持ちの整理ができないせいでしばらく沈黙が続いた。信号で停止した車中の空気が重たく、待っている時間が長く感じた。

「祐介君。私、あなたには本当に感謝してるの」

赤信号で停車した車内で哲也の母は言った。

「あの子、小学校の頃いろいろあってね……。中学校に上がるまでほとんど学校に行ってなかったの」

初めて聞いた話に私が目を丸くさせていると、

「驚いたでしょ？　本当に大変だったんだから、学校に行ってもらうの」

と哲也の母はハンドルを握りながら、なかなか変わらない信号機を見つめていた。

「家でもほとんど話もしないし、何考えているかわからない子でね。どうしていいかわからなくて、主人ともそのことでよく喧嘩したわ」

「中学校に行っても、はじめはあんまり気の乗らない感じだったんだけど、ある日あの子がリビングでCDをかけて音楽を聴いていたの。あの子、自分の部屋にプレーヤーがないから」

「そうしたらね。『ずいぶん古いの聞いているな』って、主人が」

「それで『父さんこれ知っているの？』ってなってね。それから二人とも、よく音楽の話をするようになったわ、二人で一緒にギターを弾いていたこともあったっけ……」

昔を振り返った哲也の母は嬉しそうに笑っていた。

「一緒にコンサートに行ったり、楽器を見に行ったりして……。でも、一番嬉しかったのは、楽しそうに学校に行くようになったこと。それを見送るのがおばさん嬉しかったわ」

話の終わりに「ありがとう」と言われたとき、今まで必死にこらえていたものが一気に私の目からこぼれた。

車の窓の外に流れる景色はところどころ変わっていた。

同級生の父親が経営していた八百屋はコンビニエンスストアに変わり、駅前のパン屋とクリーニング店のあった場所は、ビジネスホテルになっていた。でも、当時ギターを担いで通っていたスタジオは変わらず残っていた。

「そうそう、祐介君ちょっと見せたいものがあるんだけどいい？」

自宅に着いた哲也の母が、車のドアを閉めながら言った。

案内されたのは哲也の部屋だった。

ここに入るのは何年ぶりだろうか。２階に上がる階段がきしむ音も変わらず懐かしかった。ベッドも本棚も当時の配置のまま置かれていた。生活感はないものの、そこに並んだコミックも、少し埃をかぶったＣＤも、昔弾いていたエレキギターも、数年ぶりに帰ってきた自分の部屋のように私を懐かしい気分にさせた。壁に貼り付けてある数枚の写真も昔のままで、その写真の右下に１９９５年と記載があった。

懐かしい気分で部屋のなかを見渡していると、窓際に見覚えのあるバックパックが置いてあった。空港で哲也を見送ったときに彼が背負っていたものだった。

「そう、実はそれなんだけどね。片付けたいんだけど、なんだかどう扱っていいのかわからなくってね……。なかから変な虫とか出てきたら嫌だし……」

そう言って哲也の母は、両腕をさするようなしぐさをしながら身体を震わせた。

「へー、……。おばさん、これ開けてみていい？」

「うん、そうしてくれるかしら。私は下からごみ袋持ってくるわね」

「えッ？　ごみ袋？」

そう言うとパタパタとスリッパの音を鳴らせて階段を下りていった。

（ごみ袋って……捨てる気かよ……）

バッグを両手で持ち上げると、私はずっしりとしたその重量に驚いた。

「マジかよこれ。何入ってんだよ」

シンプルなつくりのバックパックは、上部についている入り口からしかアクセスできないタイプで、それ以外にチャックなどはなく、まるで取っ手のついた大きな土嚢袋のようだった。プラスチック製のジョイントを二つ外すとバックが開いた。なかにアクセスするためには、さらになかにあるもう一つの口を開けなくてはならないのだが、硬く縛られた紐によってその口は強固に守られていた。

他人のバッグに手を入れる罪悪感と好奇心に似た気持ちが、私のバックの紐を解く手を迷わせた。どうにか開けたバックのなかからは、カメラや衣類、寝袋やヘッドライトなどが出てきた。それらは特に汚れてもおらず、異臭にまみれた得体のしれないものが出てくることを想像していた私は、少し肩透かしを食らった。

「へぇ……これは何に使うんだろ？」

私はS字状の金具を手に取って首を傾げた。きれいに押し込められたバックパックからは、手品のように旅で使うアイテムが次々に現れた。私はそれらをテーブルの上に丁寧に並べた。

（これで全部かな？　あいつこんなもん担いで旅してたのかよ……ん？）

バッグの背中の部分に奇妙な膨らみを見つけた。

（何だ？　この膨らみ？　なんか入っているな。でも、これってどこからアクセスするんだろう？）

私は手探りでポケットの入り口を見つけると、そのなかに入っているものを引っ張り出した。出てきたのは少しくたびれたA4サイズのノートだった。

好奇心に負けて恐る恐るノートを開くと、それは哲也の日記帳だった。

私は一度ノートを閉じて、誰もいないはずの部屋を見渡した。それからもう一度ノートに目を移した。そこには哲也の書いた文字がぎっしりと書き込まれていた。

移動のバスの時間や泊まった宿のレビューから、安くて美味しいローカルレストラン、危険なポイントなど事細かに書かれており、それはまるで1冊のマニュアル本のようだった。

ノートは語学の習得や作曲にも使っていたと思われ、ところどころに英語の歌詞やコードが書きこまれていた。

ふと、彼の見た世界が自分のなかに流れ込んでくる。ページをめくるたびに血が沸き立つような熱い何かが身体をめぐった。私はノートを通じて哲也のいた世界に入り込んでいた。

「祐介君？」

後ろから大きなビニールの袋を持って現れた哲也の母が不思議そうにこっちを見ていた。驚いた私は、とっさにノートをテーブルの上に置いた。

「どうかしたの？」

「いえ、何でもないです……」

階段を上ってくる音にすら気がつかなかった私は、動揺するようなそぶりを見せながら言った。

「おばさん、あんまり汚れたものがないから、たぶんそれ使わないよ」

そう言って話をそらすように哲也の母が持ってきたビニール袋を指さした。

「あら、本当に？　変な虫とか出てこなかった？」

「うん、大丈夫。あいつ結構、神経質で綺麗好きだったから……」

私は手に取ったヘッドライトをカチカチとつけたり消したりしながら言った。沸き立つような感覚はまだその手に残っていた。

〈宇山祐介の事情〉　安物のギター

数日後、私は気持ちを整理して哲也の見舞いに再び訪れた。

病室のカーテンをめくると、彼はベッドの上で先日来たときと変わらない姿勢でいた。前回と違って薬が効いていない状態だった彼は、まどろんだ様子もなく、ゆっくりだが話ができるようになっていた。しかし、つい最近まで世界を飛びまわっていた元気な男の姿はそこにはなく、自由を奪われたような彼の姿が不憫でならなかった。

ベッドに横たわる哲也は天井を見つめていた。

「俺さ……旅にあのギターを持って行ったんだ……ほら、昔二人で金出しあって買ったやつだよ。あれさ、倒れたときにどっかいっちゃったみたいでさ……。失くしちまったみたいなんだ」

哲也がギリギリ聞き取れそうな声で、何の前触れもなく話し始めた。

「あのギター?」

私は最初、聞き違いをしたのかと思った。なぜなら、哲也が言う『あのギター』がどのギターのことなのか、わからなかったからである。ひょっとしたら薬のせいでまだ虚ろなのかもしれない、と私が困った様子で考えていると、

「ほら中学の時、二人で一緒に買いに行ったじゃん? 雪のなか買いに行ったやつだよ」

と哲也はいくつかヒントをくれたが、残念ながら私にはまったく思い出せなかった。

「ギター、失くしちまってすまない……」

哲也は声を絞り出すように言った。

「いいって、そんなもんまた買えばいいんだよ。それに実は俺、そのギターのこと覚えてないんだ」

と私は正直に切り返すと、哲也は少し悲しい顔をした。

「すまん、哲也」

「いや……いいんだ」

話すことがなくなり、私は黙り込んでしまった。いくつか話題を用意していたのだが、話せるような雰囲気ではなかった。

「すまない」

沈黙を破るように哲也は謝った。そして何度も「すまない」と繰り返した。

「哲也。だからいいって……」

哲也の言葉に割り込むようにして、私は言った。

「全部……全部中途半端になっちまったなぁ……教室も……旅も……」

悔しそうに声を震わせて哲也が言った。目じりに溜まった涙がこぼれていた。涙の意味がギターを失ったことではないことはわかっていた。

心臓に疾患を持つ自らが旅をすることで多くの人にその存在を知ってもらうきっかけを作ろうとしていた。そして、そんな馬鹿げたことをすることで自分と同じ境遇の人たちに希望や可能性を与えようとしていた。賢い行動ではなかったかもしれない。だがそれが彼の導き出した答えであり、生きがいだった。

その希望を絶たれたのだ。私にはかけてやれる言葉が見つからなかった。

「大丈夫、移植までなんとか乗り切ろう。そしたらさ、今度は一緒に旅に行こうぜ。教室だっていつかまた――」

私がそこまで言うと哲也の顔が険しくなった。

「移植まで何年かかるか知ってるか？　じっくり待っていたら7年だぞ？　それまでこん

なんでいろってのかよ」

安易な私の話を哲也は遮って言った。絞り出したその声は小さく、何とか聞きとれる程度だったが怒りに満ちていた。

「でも、可能性はあるんだ。一緒に前向きに考えようぜ。必ず方法はあるはずだよ。ほら、海外で適合者を待てば、そんなに待たなくていいんだろ？」

「そんなに簡単じゃねぇんだよ…海外で移植するのにいくらかかるか知ってんのか？　3億だぞ？　どこにそんな大金があんだよ」

哲也があきらめた口調で言った。

「ほら、募金とか。今流行ってんじゃん、クラウドなんとかってやつ」

「無理だって。お前……3億だぞ……」

「何でだよ、やってみなきゃわかんねーじゃん？」

「何の伝手もない30代半ばのオッサンに誰が金出すっていうんだよ」

でも……と、言いかけて私はそれをためらった。哲也の言うことは的を射ていたし、私も言う前からわかっていた。

確かに、これが未来ある幼い子どもが移植を待っている、という状況であったとしたら、募金も集まりやすいだろう。だが、我々のような立場の人間では、どんなに背伸びをしても集まる額はたかが知れている。それでも私は何か前に進む方法を考えたかった。

「何か方法があるはずだよ、足搔かなきゃ……一緒に頑張ろう…俺も一緒に……」

「もういいって、帰ってくれ」

「哲也……」

「疲れたんだ。頼む。帰ってくれ」

　このとき私は哲也に「お前の気持ちはよくわかるよ」とか「お前はよくやったよ」とか、そんな言葉をかければよかったのかもしれない。でも、私には言えなかった。

　結局、そのあと何を話したのか、自分がどうやって病院を去ったのかも覚えていない。ただ、帰り際に哲也が休業にしている音楽教室を閉める話をしたことだけは耳に残っていた。

〈宇山祐介の事情〉　可能性があるなら

　実家から歩いて数分のところに、小さな公園があった。そこは林に囲まれているため、小さい頃は『森の公園』と呼んでいた。十数年経った今も、昔のままの姿で森の公園は残っていた。ここに来て新鮮な空気を吸えば、胸の奥のモヤモヤがすっきりするかと思ってきてみたが、そう簡単にはいかなかった。

　しばらくすると公園に若い母親が子どもを連れて遊びにやってきた。こちらをチラチラ見ていたが、どうやら平日の昼間っから公園にいる中年男性を少し気にしている様子だった。

　私は落ち着かなくなってそこを去ろうとすると、スマホに見知らぬ番号から電話がかかってきた。哲也の母からだった。電話の内容は、話があるから少し会うことはできないかというものだった。哲也の実家は公園の目と鼻の先にあったため、私はその足で向かうことにした。

哲也の実家に到着してリビングに案内されると、哲也の父がソファに座って待っていた。

「ごめんね、忙しいのに来てもらって」

哲也の母が、先週と同じ香りのする紅茶をテーブルに置いて言った。

「いいえ、大して予定もないので。今日も哲也の見舞いに行こうかと。ちょっとあいつに謝りたいこともあって…」

両親二人はそれを聞くと、少し困った顔を見合わせてから、私に見舞いに行くことを遠慮してほしいと告げた。

「哲也がね、少し考える時間が欲しいから、誰にも会いたくないって……」

哲也の母は、さらに続けた。

「哲也、本当はとっても嬉しいのよ、それはわかってあげてほしいの」

哲也の母は、自分の子どもを慰めるように優しく声をかけた。私は身体から力が抜けてしまうような気分になった。今こそ彼に手を差し伸べるときだというのに、何もできないでいる自分は、あまりにも無力に思えた。ともかく私は、言葉を選ぶ両親の気持ちを察して、落ち込む様子や動揺を見せないよう精一杯表情を作って見せた。

「あ、そうだ。おばさん、もう一回哲也の部屋見てもいいかな？　ちょっと見たいものがあるんだけど」

話題を変えてその場を離れたかったせいもあるが、そのとき私は急に哲也が病室で言っていたギターのことを思い出したのだ。

「ええ、もちろん」

と哲也の母は特に気にする様子もなく返事をしてくれた。

2階に上がると、哲也の部屋は数日前と何も変わっておらず、バックパックは大きな口を広げて壁に立てかけられたままだった。私は大して広くない部屋のなかをウロウロしながら、どうせ見てもピンとこないであろうギターに関する情報を探した。

私は本棚にあるCDを手に取り、うっすらとかぶった埃を落とした。特に聞きたかったわけでもなかったが、窓際にプレーヤーを見つけると、それにCDをセットした。もう何年も音を出していないスピーカーからエリッククラプトンの「ピルグリム」が流れた。

それを聞いているうちに、どんどん昔のことが思い出された。昔、この家の屋根にあがってギターを弾いたことも、しょうもない曲を夜通し作ってみたことも、このアルバムを駅前のCDショップに一緒に買いに行ったことも、鮮明に脳裏に浮かんだ。

ふと、何かに引き寄せられるように窓に歩み寄った。窓の横に数枚の写真が画鋲で無造作に留められている。どれも15~16歳の頃に撮ったもので、そのなかの1枚に目が止まった。

それは『森の公園』に楽器を持ち寄ったときの写真だった。

この頃は大した曲も弾けなかったが、ギターを持ち寄ってよく公園で練習した。写真には当時の懐かしい顔ぶれが一緒に並んでいた。次の瞬間、この頃の様子がフラッシュバックした。

〝昔一緒に買ったギター覚えてるか？〟

〝ほら中学の頃に二人で一緒に買いに行ったじゃん？〟

哲也の声が頭のなかで聞こえた気がした。断片的な記憶が頭のなかで整理されていくのがわかる。あれは、確か年末だ。

足元の悪い雪道…。

自分の横を歩く哲也…。

白い息を吐きながらこのギターを抱えて歩いている様子が鮮明に蘇る。

私はすべてを思い出した。市内の質屋で二人の小遣いを出し合って買ったことも、どこのメーカーだかもわからない８０００円の中古ギターのことも、全財産を使い込んだせいで帰りの電車賃がなくなったことも、雪がちらつくなか、二人で交代しながらギターを持って帰ったことも。

そのときの冷え切った手の感覚ですら、今は容易に思い出せる。

写真から目が離せなかった。そして私は思い立ったように階段を駆け降りた。

「ねぇ、おばさん、もう一回確認したいんだけど、哲也ってどこで倒れたんだっけ？」

リビングにいる哲也の母に尋ねた。

「えーっと、どこだったかしら？　でも帰ってきたときはマレーシアから帰ってきたわよ」

「マレーシア？」

私はマレーシアがどこにあるのかもピンとこず、ポカンとしたまま、身動きを止めた。

「お父さん、マレーシアの……何でしたっけ？」

奥にいる夫に投げつけるように哲也の母が尋ねた。

「えーっと、クアラルンプールだよ。でも倒れたのはよその国で、そこで治療して落ち着いてからマレーシアに移送されたはずだよ」

「クアラルンプール？　そうですか……」

「それがどうかしたの？」

洗い物を終えた哲也の母が手を拭きながら聞いた。

「いや、ちょっと知りたくって……」


その1時間後。実家に帰宅した私の手には、筒状の大きなサイズの用紙があった。帰る途中に立ち寄った最寄りの本屋で購入したものだ。

私はリビングにある大きな机の上で哲也のバックパックに入っていたA4サイズのノートを開いた。この調べごとを終えたらちゃんと返すつもりで、部屋からこっそり持ってきたものだった。

「シェムリアップ、プノンペン……国境を越えて、ラオス……」

私はぶつぶつ独り言を言いながらノートをめくり、さきほど買ってきた筒状の用紙を机の上に広げた。すると目の前に机を覆い隠すほどの地図が広がった。

アジアの地図だ。

「帰国前はマレーシアにいたって言ってたな」

私はノートに目を移し、近くにあったペンで地図に線を描き始めた。そして何かに憑りつかれたようにノートを見返しては、地図にペンを走らせた。

フィリピンのマニラから始まった曲線。それは哲也が移動した旅のルートだった。


２０１４年7月。

『外国人の友だちを作る。無料の音楽の学校を作る。ヒッチハイクをする。エベレストに登る。スキューバダイビングをする。外国人とセッションをする。マサイ族に会って一緒にジャンプする――』

哲也のバックパックから拝借したA４サイズの日記帳に挟まっていた四つ折りの白い用紙。そこには、びっしりと彼の『やることリスト』が書き込まれていた。そのリストは、か弱い女性みたいな字で書かれていて内容に一貫性はなく、とにかく思いついたことを箇条書きしたように見えた。私はそれを丁寧にたたみなおして哲也のノートに挟みこむと、バックの隠しポケットにしまい込んだ。

私は自問自答を繰り返していた。

こんなことをしてもなんの意味もないこともわかっていた。自分のエゴだということも承知していた。でも哲也が命を懸けてまで成し遂げたかった夢の先に何があるのかを見てみたかった。そのためにはまず〝あのギター〟が必要だ。二人にとって大切な思い出のギター。

それが今、海を渡った〝世界のどこか〟にある。もし私と哲也が反対の立場なら、あいつは間違いなく海を渡るだろう。

今の私にできることは、もはやそれくらいしかない。

私は彼の病を治せる医者でもなければ、自らの心臓を差し出すこともできないのだ。

それから私は1ヵ月近くも頭を悩ませながら、旅に持って行くものを書き出し準備をはじめた。

30を超える項目を何度も見返しながら、80リットルのバックパックにすべてつめこんだ。旅で使うであろう生活用品や衣類をすべてつめこんだにもかかわらず、まだずいぶんとバッグのなかは余力を残していた。それを見て、自分の荷物はこんなにも少なくていいのかと不安になったが、いざ背負ってみると結構な重さに感じたため、「まぁこんなものなのか」とよくわからない安心感を得た。

緑色のバッグパックは、小さな子どもならば、すっぽりと頭まで入ってしまいそうな大きさだ。これはもともと哲也が使っていたものだったが、これも勝手に拝借した。彼がこれに気がつく頃には、私はもう日本にいない。

まさかこのような形で十数年慣れ親しんだ東京を離れることになるとは思ってもいなかった。私は池袋にある自宅を片付けながら上京してきたころの若かりし頃の自分を思い出し、懐かしく思った。

明日で解約するこの部屋には、もはやこのバックパックしかなく、何もなくなった部屋は殺風景極まりなかった。家具などはすべて売り払い、帰国したときに使う必要最低限のものは北海道にある実家に送った。

この使い古したバックパックに入った荷物が明日から自分の全財産となる。

9年前に新婚旅行でハワイに行くために作ったパスポートは、まだ半年ほど有効期限を残していたが、先が見えない旅にどれだけの歳月が必要なのかわからないため、先日、有楽町のパスポートセンターで更新した。今、手元にある10年使えるこのパスポートは、どのページをめくってもスタンプはまだ押されていない。

入国や出国のスタンプ数が多くなって、ページが足りなくなることを見越してページを増刷したため、私のパスポートは従来の姿よりも3ミリほど分厚くなっていた。


――数日後。

私は成田国際空港にいた。

1年前、哲也が見ていた光景はこれだったのかと思うと感慨深かった。

空港までは、音楽教室の生徒・緒形が車で送ってくれた。一緒についてきた緒形の妻・静江は「荷物になってしまいますが」と言ってお守りをくれた。

しばらく空港で話し込んでいると、私がギターを教えていた生徒・吉野大樹がトレードマークの金色の髪を振り乱しながら遅れてやってきた。吉野大樹が私の教え子だったことをこのとき初めて知った緒形は珍しく取り乱していた。さらに遅れてやってきた大谷は、私がなぜ旅に出るのかを最後まで教えなかったせいで終始面白くない顔をしていた。ギターを探すために旅に出るなんて言ったら何を言われるかわからなかったからだ。

納得のいかない様子の大谷だったが最後は痛いくらいの握手と抱擁で私を送り出してく

れた。

慣れないフライトは、まさに未知の世界への入り口のように思えたが、この旅のメンバーは自分一人だけではないような気がして、不思議と不安はなかった。私はさっきまでまっさらだったパスポートを開いてみた。最初のページに〝出国〟のスタンプが一つ押されていた。

〈宇山祐介の事情〉　探し物

２０１４年9月。

私が日本を出発してから2ヵ月が経過していた。

タイの首都バンコクは、朝から雨が降り続いていたが、私が出かける頃には上がっていた。空を見上げると、ゆったりした風がどす黒い雲を南に追いやるのが見えた。空は本来の美しい色を思い出したように、青い色を頭上に広げていった。

陽炎の揺らめく大通りでは交通渋滞ができており、排気ガスをまき散らしてトゥクトゥクやタクシーが騒がしくクラクションを鳴らしている。その隙間をバイクがすり抜けていく様子はまるで曲芸だった。舗装が不十分な道路のあちこちでは、でこぼこの地面が目立ち、そこにできた水たまりは叩きつけるような太陽の熱で今にも沸騰しそうだった。

大通りから1本奥まった場所に小さなカフェがあった。名前はおそらくない。毎日のように通うお気に入りのカフェだったが、そこにはエアコンなどなく、お世辞にも居心地がいいとは言えなかった。だが、何度か通っているうちに店員たちとも仲良くなり、次第に足を運ぶようになっていた。

いつものテラス席に陣取った私は、腕をまくってサングラスを外した。店員が運んできたタイティーを受け取ると、コップンカー（ありがとう）と言ってそれを口元に運んだ。扇風機のある店内よりも日陰になっているテラス席で風を感じたほうが涼しいことを知っていた私は常連気分だった。肘までまくり上げた白いシャツからは、日焼けした腕がのぞいている。サッカーをしていた学生時代を除いて、私がここまで日焼けをした記憶はない。それを旅人のステータスのように誇らしく感じていた。

2週間の滞在で、私の風貌はバンコクの雰囲気にすっかり溶け込んでいた。

私は35歳を目前にした自分が、バックパッカーとしてここに存在していることに気持ちが高ぶっていた。田舎から上京したときに似ているようにも思える。

タイティーを半分ほど飲みかけた頃、トミーがバイクで迎えに来た。トミーはゲストハウスで知り合ったタイ人男性だ。バイクにまたがりキョロキョロしているトミーに向かって、私が手を振ると、すぐにこちらに気がついた。

「ユウスケ！　後ろが詰まっているから！　早く！」

器用に日本語で返事をしたトミーは、一度笑顔を見せてから、急かすように大きく手招きをした。カフェの前は道路が狭く、そのうえ路上駐車も多いため、バイクに乗ったトミーの後ろには、小さな渋滞ができあがっていた。

私はトミーの声とやかましいクラクションに急かされるようにタイティーを飲み干すと、

ポケットに入っていた60バーツをテーブルの上に置いて店を出た。

目を細めながら太陽の下に身を放り出すと、その日差しは容赦なく肌を焼き始めた。私はバイクの後ろにまたがり、ポンッとトミーの肩をたたくと、彼は親指を立ててからアクセルを回した。

やかましい騒音を鳴らしてバイクが走り出した。大通りに出るとトミーはスピードを上げた。じっとりした向かい風だったが、それも今は心地よく感じる。私たちは交差点を抜けて南へ向かった。


私がトミーに出会ったのは、カオサンロード裏手にある「ミスティ」というゲストハウスだった。小柄でシャイなこのタイ人は、ミスティのオーナーの親族らしく、ときどきレセプションに立っていた。

日本のアニメと地元のサッカークラブをこよなく愛するトミーは、何かと世話を焼いてくれた。ちなみに「トミー」という名前はオフィシャルなものではなく、本名は長すぎて覚えられないため、まわりからトミーと呼ばれているとのことだった。年齢は不詳だった。

日本のアニメを見て独学で覚えたというトミーの日本語は、実に愉快で愛くるしいものだった。多少違和感はあったが、独特なイントネーションに慣れてしまえば、お互いの意思疎通はしっかりできた。

市内から20分ほどのマーケットに差しかかると、私は身を乗り出しながら、とある露店を探し始めた。一つ目の角を曲がったところで、お目当ての露店が目に入った。

「トミー！　あそこだ！」

運転しているトミーの顔の横で私は腕を伸ばし、マーケットの外周にひしめき合う露店の方向を指さした。そこには中古楽器が数多く並んでいた。


2週間前。

私はゲストハウスの共有スペースにノートパソコンを広げて調べごとをしていた。

何気なく広げた写真のなかには1年前、哲也が旅立つ前に空港で撮った写真があった。カフェで女子大生に撮影してもらったものだ。見ると3人の男たちはふてくされたような笑みを浮かべていた。

私は椅子に座ったまま、腰に手を当てて背伸びをすると、顔の周りを飛んでいる蚊を払った。こいつらは夜になるとどこからともなく現れる。

「こんにちは。ここ座っていいですか？」

急に若い男が軽く会釈しながら話しかけてきた。

「あの……なんかギター探している方ですよね？」

屈託ない笑顔が印象的な彼の名前は田辺康俊。周りからはヤスと呼ばれているそうだ。私と同じゲストハウスに宿泊している彼は、聞いてもいないのに丁寧に自己紹介をしてくれた。

ヤスは東京都内の大学に通う20歳の青年だ。

野球が好きで、いつもグローブを2組持ち歩く彼は、各国で現地の人とキャッチボールそうだ。

をすることを目的にして世界一周をしているらしく、その様子を動画にして配信している

「みんなお兄さんの噂していますよ。ギターを探している日本人がいるって」

ヤスはニコニコしながら言って見せた。

「えっ？　ほんとに？」

ふと周りを見ると、日本人と思わしき宿泊客が数人こっちを探るように見ていた。

「噂ってどんな？」

「トミーが言っていたんですよ。『彼はギターを探している』って」

「え？　トミー？」

「はい、トミーですよ。ほら、いつもレセプションにいるタイ人ですよ」

ヤスがレセプションを指さして言った。

「へー、彼トミーっていうんだ。そういえば名前聞いてなかったな」

「トミーは日本のアニメが好きで、変な日本語話すんですよ」

「あ、なるほどね、だから日本語がうまいんだ。自分がこの間、楽器屋さんを探しているっていう話を彼にしたら、丁寧に日本語でお店を教えてくれたよ」

「へ～、なんか欲しいギターがあるんですか？」

「うん、まあ、ちょっと探しているギターがあるんだ」

「それって、特別なギターなんですか？」

興味を持ったのか、ヤスは椅子を直しながら姿勢をこちらに向けた。

「うーん、まぁ特別といえば特別なんだけど……ちょっとね」

そういって私は少し渋い顔をしてみせた。

「何すかそれ、ちょっと聞かせてもらえませんか？」

私は自分のあまりに無謀で馬鹿げた話をするのを躊躇したが、若者の好奇心は止められなかった。仕方なく私は、

「じゃあ、少し長くなるけど」

と前置きしてから順を追って丁寧にギターと旅に関する話をした。ヤスは私の話を食い入るように聞いてくれた。

時間にして10分ほどだったろうか。私の話を聞き終える頃、20歳の若者の目つきは変わっていた。

「マジすか⁉　じゃあ兄さん、あるかないかもわからないギターを探すために、日本を出てきたんですか？　信じられない……クレイジーすぎますね！」

ヤスは細い目を大きく広げながら言った。

「やっぱりそう思うよね」

私は話をしたことを後悔して、少し落ち込んだ。

「で、手掛かりとかはあったんですか？」

目を輝かせるヤスの期待を裏切るように、私は首を振った。

「そうですか……話を聞いているかぎりだと、そのギターの情報を集めるのは相当きついですよね」

するとヤスは、何かを思い出したように立ち上がった。

「兄さん、ちょっとまだここにいますよね？　ちょっと待てますか?」

「ああ、まだしばらくここにいるけど」

私は足元の蚊を気にしながら言った。

「ここに長く滞在している人がいるので、今の話、きっと力になってくれると思うんです。ちょっと待っていてくださいね」

ヤスはそう言うと席を離れ、2階に勢い良く上がっていった。

私は一瞬それを止めようとした。話が広がって自分の無謀さが露呈されてしまうのが恥ずかしくなったからだったが、ヤスの行動を止めることはできなかった。

しばらくすると、ヤスが一人の日本人男性を連れて戻ってきた。

その男性はスキンヘッド、細身で長身、歳は30代くらいに見えた。首から腕にかけて大きなタトゥーがタンクトップからのぞいている。あまり日本では見かけない風貌に私は少し構えた。

「はじめましてカジといいます。話はヤス君から聞きました。ご友人のギターを探しているそうですね?」

その風貌からは想像できない優しい口調に、私は思わず「はい」と、緊張した声で返答した。

「もう少しそこで待っていてもらっていいですかね？　もう一人連れてくるんで」

そう言うと、カジはそのままレセプションに向かった。

「カジさんはタイに7年住んでいるんで、タイ語がペラペラなんです。今はここに住みながらバンコク市内で日本語の講師をやっているんですけど、すごく顔が利くんですよ」

ヤスがそう教えてくれている間に、カジが奥からトミーを連れて来た。

「もう一度、ヤス君にした話を聞かせてもらえませんか？　ひょっとしたら力になれるかもしれないので」

自分の評価（山平遥）

２０１４年10月。

山平遥はバンコク市内のゲストハウスに宿泊していた。

日本人が多く集まるこの「ミスティ」と呼ばれるゲストハウスは、お世辞にもきれいとは言えないコンディションの宿であったが、格安で個室に宿泊できることもあって、バックパッカーには人気があった。

連日のように降り続く雨で、ゲストハウス前の通りには、池のようになった水たまりがいくつも広がっていた。バンコクに来て3日目の遥は、まともに観光もできず自室にこもっていた。時折1階の共有スペースに顔を出すものの、ほかの宿泊客の姿はなく、相手をしてくれるのはレセプションにいる年老いた黒猫だけだった。

数ヵ月前、高円寺のカフェで働いていた遥のもとに、大学時代の友人である西村香織が訪ねてきた。3年ぶりに会った香織は髪の色が少し明るくなったくらいしか変わっておらず、「就職したけど1ヵ月で上司とケンカして辞めた」とか「今タイに住んでいる」とか「バンコクで仕事を始める」とか、口を開けば勢いのある話ばかりが飛び出した。

そんな彼女が「バンコクで一緒に仕事をしない?」と、わけのわからないことを言い出したときには自分の耳を疑った。

大学時代、バイト先もサークルも同じだった香織と遥は四六時中一緒だった。男らしい性格の彼女は、時折ストレートな物言いで遥を悩ませることもあったが、なんでも相談できる親友だった。

現在、香織はタイの北部にあるパイという町に住んでおり、彼女と5日後にこのゲストハウスで会う約束をしていた。遥は初めてのバンコクに心を躍らせ、1週間早くここに来ていたが、今のところバンコクには、こっぴどく降り続ける雨のイメージしかなかった。

膝の上の猫が面倒くさそうにあくびを一つした。

遥は1階のレセプションの隣に広がる共用スペースで、この日も日本で録りためたお笑い番組の動画を見ていた。これからの人生を書き留める日記用にと大志を抱いて購入した11インチのマックブックだったが、皮肉にも思わぬ形で向き合うこととなった。このゲストハウスは大雨が降ると、きまってインターネットが使えなくなるのだが、1階のソファ付近はかろうじてW-Fiがつながったので、遥は雨が降るとこの場所を我先にと陣取っていた。

ずぶ濡れの男が転がり込むようにミスティに現れたのは、雨が本降りになってきた夕刻のことだった。遥はソファに座りながら、その男が長髪から滴る水を振り払う様子を眺めていた。

レセプションにいたスタッフとしばらく談笑しているところを見ると、男はこのゲストハウスの常連客か友人のようだった。しばらく話し込んでから2階に案内された彼は、服のまま海にでも飛び込んだような格好で階段を上がっていった。

それからしばらく経っても雨は一向に止む気配はなく、ミスティの前にできた水たまりはまだまだ大きくなりそうだった。気まぐれな天候に左右され、明日の予定も立てられないまま、遥は少しずつモチベーションが下がっていくのを感じていた。


1階の共有スペースにいた遥に、さきほど見たずぶ濡れの男性が話しかけてきたのは、遥がお笑い番組を見飽きた頃だった。

「こんにちは。日本人ですか?」

男は頭にタオルを押し当てながら、遥の前にやってきて話しかけた。

「あ、こ、こんにちは。はい、日本人です」

遥は少し驚きながら返事をした。日本語で話しかけてきた男は、どうやら日本人のようだったが、日焼けした肌や、彫りの深い顔は、近くで見ても現地人とそう変わらなかった。

身長は170センチくらいで、細身だったが健康的でがっしりした体型をしていた。

「日本人だったんですね、さっき見かけたときから、てっきり現地の方かと思っていました」

遥がそう言うと、男は「確かに…最近かなり日焼けしたからなぁ」と笑った。

男は遥にWi-Fiのパスワードを尋ねた。

久しぶりに日本語を話したので、遥はなぜか少し緊張したが、雨の日はインターネットの接続がよくないことを教えてあげた。

「あー、そういうことか。前に来たときは、すぐに繋がったからおかしいと思ったんだ。確かに前に来たときは晴れていたな」

男はスマホをいじりながら言った。

「以前、ここに宿泊したことあるんですか?」

「ええ、先月来たんです」

男はスマホを眺めながら、Wi-Fiの電波を探していた。

「あ、ここならすごくつながります。よかったらどうぞ」

遥は自分の座るソファを指さし、腰を上げて少し横にずれた。男は一瞬きょとんとしたが、礼を言って遥の隣に腰を下ろした。

「宇山祐介といいます。はじめまして」

「あ、遥です」

シャワーを浴びてすっきりした様子の祐介からは、石鹸のいい香りがした。

「ご旅行ですか?」

「あ、いえ、仕事で来ました」

「仕事?　バンコクで?」

「はい、知り合いがマッサージサロンとゲストハウスをやっていて、その手伝いに」

「へぇ、うらやましいな。海外で仕事ができるって。日本でもそういう仕事していたんですか？」

祐介の話し方は、風貌の印象と違って優しかった。

「それが……実は全然やったことないんです。日本ではずっとカフェの店員をしていたので」

遥は少し話を整えるように話した。

「え？　そうなの？　何でその仕事を？」

祐介はそう言ってスマホを操作する手を止めた。

「友人が誘ってくれたんです。知り合いがタイでマッサージサロンを立ち上げたから、一緒に手伝ってくれないかって。でも、私、タイ語もできないし、マッサージもやったことないし、これといって資格を持っているわけでもないし……ほんとに来てよかったのかなって、思っていたところなんです」

遥が出会ったばかりの男性にいきなり胸の内を話したのは、しばらく誰とも会話ができなかったストレスだったのかも知れない。このとき、遥は今の自分の不安をマシンガンのようにぶちまけた。この雨のせいで下がり始めたモチベーションのことも、一人でバンコクにいる不安も。祐介はそれを遥の隣で静かに聞いていた。

一通り話してからふと我に返った遥は、恥ずかしさと自己嫌悪で、胸の奥が気持ち悪くなるのを感じた。

「自分の話ばかりたくさん話してしまってすみません……」

と慰め程度の言いわけを口にすると、祐介はケロリとした顔で、

「全然かまわないけど」

と笑って言った。それから祐介は、両手を頭に組んで天井を見ながら、何かを思い出しているような仕草をしていた。雨が屋根を激しくたたいていた。

「遥さんのお友だちは、手伝ってほしいって言ってくれたんですよね？」

雨音が少し小さくなった頃を見計らったように、祐介は口を開いた。

「えっ？　あ、はい」

「大した話じゃないんだけど、僕も少し前に似たようなことがあってね」

祐介は謙虚にそう言いながら、友人に誘われて音楽教室の講師になったことについて話し始めた。

「自分の評価って、意外と自分でちゃんとできないって思いません？」

祐介は腕を前で組みなおしてから、自分の性格を見つめなおすように言った。

「そういうときって案外、友人だったり職場の人だったり家族だったりのほうが、詳しく自分のことを評価してくれていたりしませんか？」

「なるほど、確かに……」

遥は突然始まった祐介の話に思わず聞き入った。

「仕事を一緒にやるうえで技術がある人間も魅力的ですけど、こういう場所では異国での適応力とか、コミュニケーション能力とか、好奇心とか、そういうもののほうが大事だったりすると思うんですよね。あと重要なのはお互いの話しやすさとかね」

そう言いながら祐介はニコリと笑った。

「何が言いたいかっていうと、僕だったら〝これから異国で仕事しよう〟っていうときに、テキトーに友人に声をかけることはしないなってことです」

遥は目の前に急に現れた祐介が、まるで自分の言ってほしいことを見透かしているかのように思えた。

〝なぜ香織は自分を選んだのか？〟

しばらく遥の頭のなかにかかっていた霧がスッと消えたような気がした。

「ありがとうございます！　なんだか、すっごく楽になりました」

「ご友人は遥さんと一緒にやりたかったんですよ、その仕事を。選ばれたってことはそれだけ遥さんに魅力があるってことです。絶対に自信を持っていいと思います」

外の雨脚は一層強くなり、跳ね返った雨が掃除したばかりの床をいたずらに濡らしていた。

「祐介さんは、旅行なんですか？」

乾いた長髪を束ね始めた祐介に遥が尋ねると、彼は「ええ」と答えた。

「どれくらい旅行されているんですか？」

「んー、今4ヵ月くらいだけど、タイに来てからは2ヵ月くらい経ったかな？」

「4ヵ月!?　すごいですね！　何か目的があって旅をされているんですか？」

「目的というか、うーん、まぁそんな感じです」

祐介は腕を組み直してから渋い表情で言った。

「え、なんですか？　聞きたいです」

一瞬ためらったような言い方が、かえって遥の興味をそそった。

「話すと結構長いんで、今度時間があるときゆっくり話しますよ」

「大丈夫です。雨が降っていて退屈していたので、ぜひ聞きたいです」

遥はマックブックを閉じて彼に身体を向けた。

「祐介君！」

突然、２階から男性の大きな声がした。その男はこちらに駆け寄りながら会話に割って入ってきた。このタイミングの悪い日本人は、みんなからカジと呼ばれる男で、遥が来たときからずっとこのゲストハウスに滞在している。遥は時折このフロアでカジを見かけていたが、気安く話しかけてくる強面でタトゥーだらけの彼が生理的に苦手で、いつも避けていた。

「あ、カジさん！」

祐介は手を挙げて、近くに寄ってきたカジに返事をした。

「おかえり！　祐介君が帰ってきたって、さっきトミーが教えてくれてさ」

「ええ、ついさっき到着したところです。こっちはひどい雨ですね」

「ああ、ここのところずっと降っていてね。それでギターどうだった？」

カジがそう尋ねると祐介は首を横に振った。

「ギター？」

隣で話を聞いていた遥が不思議そうに顔を向けると、祐介はそれをかわすように笑みを作った。

「そうだ、祐介君トミーに会った？　トミーがガレージに来るようにってさ」

カジがレセプションの奥を指さしながら言った。

「うん、わかった、行ってみるよ。遥さん、話の途中でごめんね。話はまた今度ね」

そう言うと祐介は立ち上がって、レセプションの奥にある裏口のほうに消えていった。

遥は取り残されたようにカジと二人になった。二人の間の沈黙に割り込むように雨音が激しく響いた。

「あの……ギターって何ですか？」

遥は目の前に立っているカジに恐る恐る聞いてみた。

「ああ、祐介君の話ね」

少しだけ焦らすようにしてからカジは話し始めた。

「彼、友人の失くしたギターを探しているんだって。どこにあるのかもわからないらしいよ」

「え？　彼、ギターを探して旅しているんですか!?」

「そうみたい。俺も聞いたときは驚いたよ。なんでも1年前に旅をしていた友人が失くしたギターらしいんだけど、その友人は今心臓に障害を持っているらしくってね」

「え!?　なんですか！　その映画みたいな話!?」

「俺も話を聞いたときは鳥肌が立ったよ。詳しくは彼から聞くといいよ」

結局その日、遥は祐介と会うことはできなかった。自分と同じくらいの年齢だと思っていた祐介の年齢が、35歳だとカジから聞いて遥は少し驚いたが、そんなことよりもギターの話が気になってしょうがなかった。

世界で一番おいしいタイティー（山平遥）

翌日、遥はバンコク市内の市場を一人で訪れた。

何か目的があって来たわけではなかった。ただ、下がってきたモチベーションを取り戻すため、外に出て街の活気に触れたかった。遥は市場の人と一言二言会話を交わすだけでワクワクした。自然と足が軽くなる。

遥は小物入れとピアスを買った。麻で作られたピンクと赤の縞模様の小物入れは財布の代わりにするつもりだ。

もともと雲行きの怪しい空模様だったが、昼を過ぎた頃になると、雷鳴とともにそれまで雲の上にため込んでいた雨が降り始めた。遥はうんざりした様子で近くにあった大衆食堂の屋根の下に避難した。幸い雨には濡れなかったが、空に広がる灰色にくすんだ雲を眺めて遥もどんよりした気分になった。

市場の露店は慌ただしく片付けを始めていた。

「あらら、結構降ってるね。あれ？　遥さん？」

遥の後ろの大衆食堂から、ひょっこり祐介が出てきた。

「あ、祐介さん！」

遥は思わず祐介に驚いた口調で話しかけた。

「ほんと、ここのところずっとこんな感じなんですよね」

遥は雨を吐き出す黒い雲に目を向けて、つまらなそうに言った。

「これはしばらく止まないね」

「そうですね。せめて、どこかゆっくりできるところに移動できるといいんですけど……」

雨宿りをする二人の足元にも、徐々に水たまりができ始めた。

「あ、そうだ！　祐介さん、ギターの話までですよ！」

遥はここぞとばかりに、昨日聞きそびれたギターのことを話題に出した。

祐介は話したくないのか「あー、それね」と、作り笑いでごまかした。

「ちょっと！　私も話したんですから、祐介さんも話さなきゃだめですよ！」

「ギターの話かぁ……」

祐介は少し考え込むような顔をしてみせると、

「ねぇ、遥さん、世界で一番おいしいタイティー飲まない？」

少し伸び始めた無精ひげを触りながら言った。

「世界で一番おいしいタイティー？　何ですかそれ？」

スコールの音で聞き間違えたかと思った遥は聞き直した。

「うん、あそこなんだけど」

祐介は20メートルほど離れたところにある一軒のカフェを指さした。

「あそこのタイティーは世界で一番うまいんだ」

祐介は淡々と話した。

「え？　ほんとですか？……って話を変えようとしてもダメですよ！　そもそもタイティーのおいしさに世界一とかあるんですか？」

疑うように遥が尋ねると、祐介はあたりをキョロキョロして何かを探し始めた。そして近くにあった大きめの段ボールを拾い上げると、それを頭上に掲げた。

「はい、そっち持って」

頭上の段ボールの右端を祐介が持ち、もう一方の左端を遥が持つと、それはちょうど二人が入れるくらいの傘になった。祐介は遥と目を合わせて、もう一度雨の降る先に目をやった。通りに走っている車はなく、歩いている人もいない。

「よし、いくよ！」

祐介の掛け声で、二人はスコールのなかに飛び出した。

頭上の段ボールを容赦なく雨が叩いた。何度か水たまりに足を突っ込んだが、遥はそのたびに子どものような笑い声を上げた。

やがて二人は、メインストリートに面した「95」という文字が看板に書かれたカフェに到着した。なかに入ると店内はオレンジと黒を基調とした欧米風の作りになっており、ショーケースの中にはお洒落なケーキが並んでいた。こういうカフェにずっと行きたかった遥は、すっかり気を良くしていた。

祐介が「通りが見えるから」と言いながら2階席に向かったので、遥もそれについて行った。2階に着くと、そこにはカウンターが4席とテーブル席が5席あり、今は欧米人の若いカップルが一組しかいなかった。二人の衣服や髪は濡れており、彼らも我々と同じく、雨宿りのためにここに飛び込んだのだろうと、遥は思った。

遥と祐介の二人は空いている窓側の席に向かい合って座った。店内はエアコンが効いており、雨に打たれた後だったので少し肌寒く感じた。二人は上着を椅子にかけて乾かしながら、お互いの情報を交換した。

年齢や、出身地、家族のこと、日本での仕事のこと。ちなみに遥は自分のことを〝遥さん〟と呼ばれると恥ずかしいということも伝えた。注文したタイティーが二人の前に運ばれてきた頃には、二人は歳の差を忘れてすっかり打ち解けていた。

「おいしそう！　これが世界で一番おいしいタイティー？」

屋台などで売っているタイティーとは少し違い、上品なグラスに注がれたタイティーの上には生クリームが乗っており、さらにその上にはミントが添えられていた。遥はスマホを取り出して、それを写真に収めた。その様子を祐介は笑って見ていたが、後になって結局自分もタイティーの写真を撮っていた。

遥は世界一のタイティーを味わってみた。ストローから上がってくるオレンジ色の液体が口のなかに入ってくると、紅茶の風味と濃厚な甘さが口いっぱいに広がった。

「おいしい！　すっごく濃厚ですね！」

「あ、ホントだね。おいしいね」

とぼけた様子で祐介が言った。

「えっ、祐介さん飲んだことあるんですよね？」

遥はきょとんとした表情で確認するように尋ねた。

「いや、初めてだよ。この店も初めて入ったし」

「えっ！　だって世界一おいしいタイティーだって、さっき言ったじゃないですか⁉」

「あー、さっき遠目で店を見たとき、世界一おいしそうだなって思ってさ」

祐介はまたとぼけたような表情をしながらストローに口をつけた。

「ちょっと！　テキトーだったんですか⁉」

と、遥が驚いて言うと、祐介はすべてを帳消しにするような笑顔を見せた。子どもみたいに笑う彼につられて、つい遥も笑ってしまった。窓から外を見ると、軒下で雨宿りする人たちの姿が見えた。祐介もその様子を見ていた。

「あの……昨日のギターの話。実は少しだけカジさんから聞きました」

遥が話し始めると、ストローをくわえながら祐介が目を見開いた。

「でも、ちゃんと聞いたわけじゃなくって、カジさんも祐介さんから直接聞いたほうがいいって……」

「あー、その話ね。どこまで聞いたの？」

グラスをテーブルに戻して、祐介は照れくさそうに言った。

「ご友人の失くしたギターを探しているって……」

「そうか」

と言うと、祐介は少し黙った。そしてタイティーに手を伸ばすと、生クリームの上に乗ったミントの葉を指でつまんで皿に置いた。

「なんか大袈裟な話に聞こえるけど、こっちからしてみたら〝あったらいいな〟くらいの話でさ」

祐介は言葉を選ぶようにして話し始めた。

「正直言って、少し無謀だったかなって反省し始めているんだ」

祐介はストローでコップのなかの氷を突きながら言った。

「え？　ギター探しがですか？　どうしてですか？」

「そりゃあ、見つかったらすごいことかもしれないけど、普通に考えたらまともな手がかりなんてほとんどないし、写真を見せて尋ねたところで、知らない人からしたらギターなんてみんな同じに見えるしね。事情を説明したら、少しは力になってくれるかもしれないけど、いちいち事情を説明する語学力もないし」

目をそらせて、祐介は少し黙った。

「祐介さん、知っています？　人って意外と自分を評価できないものなんですよ。さ、どうぞ話してください」

遥が得意な顔でそう言うと、祐介は笑いながら観念したように話し始めた。

祐介は情報を整理しながら遥に状況を説明した。

1年半前、友人が心臓に疾患を抱えたままギターを持って旅に出たこと。その友人の病状が悪化して帰国を余儀なくされたこと。その後、友人が残したノートに書いてあった旅のルートを調べて、自分が旅に出たことなど、ここまでのいきさつを時系列に沿って話した。

　一通り話を聞いた遥は唖然とした。

「すごい話ですね、信じられない」

「だよね。馬鹿げてるだろ？」

　祐介は下を向いた。

「それで、何か手掛かりはあったんですか？」

　祐介は渋い顔をして首を振った。

「でも、ノートがあるなら、最後に書かれたページにヒントがあるんじゃないですか？　ほら、最後に行った街のほうが情報もあるかもしれないし」

　遥は自分で言いながら名案だと思った。

　祐介はそれを聞いて「その通り」と言わんばかりに頷いた。

「僕もそう思ったんだけど……」そう言って持っていたバッグをあさり始めた。そしてバッグから使い古したようなノートを取り出した。

「これがそのノートですか？」

「そう。ちょっと見てほしいんだけど」

　そう言うと祐介はノートの一番最後のページを開いた。

「ここなんだけど」

　祐介は最後のページに書かれている時刻表のようなものを指さした。

「12月20日？」

遥はそこに書かれた時刻表の日時を不思議そうに声に出した。祐介は頷いた。

「あいつが日本を出たのが２０１３年５月。日本に帰国したのが２０１４年４月だ。ということは、ここに書かれている12月20日は、２０１３年のことだと思うんだ。となると、これは哲也の最後の記録ではない可能性が高い」

「あ……もしかしたら、このあとに書かれたノートがあるのかも⁉」

遥は目を丸くさせながら推理した。

「うん。僕もそう思ったんだ。それとあくまでこれは推測だけど、もう一冊のノートは、失くしたギターと一緒にあると思うんだ」

「え？　ご友人が倒れたときに一緒に持っていたってことですか？　なんでそう思うんですか？」

「この推測にあまり意味はないんだけど、このノートって作曲にも使われていたと思うんだ。ほら、ここに歌詞とかコードが書きこまれているだろ」

祐介が指した先には、英語で書かれた歌詞とギターのコードが書かれていた。

「つまりギターを弾いているときに近くに置いてあったんじゃないかな。バックパックからもう一冊が出てこなかったってことは、おそらく一緒に失くしたんじゃないかなって思ってね」

「なるほど、確かにその情景はイメージできますね」

屋根にあたる雨音がまた強くなっていた。外を見ずとも雨がまだまだ降り続けるだろうと容易にわかるほどだ。コップのなかのタイティーはもうほとんど残っておらず、溶けた氷がコップのなかを濁らせている。

「実は、あいつは、僕が旅に出たことを知らないんだ」

祐介は思い切って事情を遥に伝えた。

「えっ？　ご友人は知らないんですか⁉　何で⁉」

遥は驚いた口調で尋ねた。

「うーん、何でだろうね……」

「じゃあ、祐介さんがギターを探していることもご存じないんですか？」

祐介は遥の当然の疑問に返答することができなかった。

「でも、自分のために祐介さんがギターを探しているって知ったら…。私だったらすごく嬉しいですけど…？」

「この行為そのものには何の意味もないんだよ。あいつの病気がそれで治るわけじゃないし」

祐介は言葉を選びながら自分の気持ちを語った。

「それはそうですけど……」

遥はもどかしい気持ちを言葉にできなかった。

「もし、あいつがこのことを知って、ギターが見つからなかったら、お互い意味のない罪悪感みたいなものを感じることになると思ってね。旅をしている僕にとっては、絶対探さなきゃいけないっていうプレッシャーもできてしまうし」

「そもそも、別にあいつがギターを探してきてくれって頼んできたわけじゃないし……、これってこっちのエゴみたいな話なんだ」

　祐介はどこか納得のいかないような顔で言った。

「でも、そのきっかけがあって、今こうしてあいつの見た世界を旅しているわけだし、足跡を追っているだけでも、それなりに満足しているんだ」

　祐介は自分に言い聞かせるように話した。

「でも、見つかるといいですね。あの……もし何か私にできることがあったら言ってください。私も力になりたいです！」

　まっすぐな目を向けてそう言った遥に、祐介は「ありがとう」と照れくさそうに言った。

「ところでさ、遥ちゃん、友人と仕事するって言っていたよね？　友人は今どこにいるの？」

「彼女は今、パイっていうところに住んでいて、4日後バンコクに到着するそうです」

「その友人は今、パイで仕事しているの？」

「はい。友人の香織は先月まで沖縄で民宿を手伝っていたんですけど、今はパイで期間限定のカフェをやっています。大学の同期なんですけど、どうも卒業旅行でタイに来たらハマっちゃったらしくて」

「へー、すごい行動力だな」

「そうなんですよ！　すごいんですよ、行動力が！　何でも大学時代にヨガ教室で出会った女性に影響を受けたらしくって。その女性に勧められて卒業旅行でタイに行ったらハマっちゃったらしいです」

「その女性もまたすごい影響力だね」

「はい、夏美さんというんですけど、もともと日本でタイから仕入れた輸入雑貨を売ったり、カフェとかヨガ教室とかを経営していたらしいんですけど、今年からバンコクでマッサージサロンとスクールを始めることになって。それで急遽、日本人のスタッフが2名ほど必要になったそうなんです」

「なるほど、それで遥さんと香織さんの2人が、そこで働くことになったんだね」

「そうなんです。香織の紹介で夏美さんのところで働くことになったんです」

「でもすごいね。いきなり海外来るのって怖くなかった？」

「え、怖いですよ！　すごく怖いですよ！　私海外旅行初めてだし、一人でここまで来ただけでも奇跡なんですから。祐介さんみたいに旅慣れしている人からしたら、全然大したことないことかもしれませんけど、私のなかではすごい大変なこととかもたくさんあるんです」

それを聞いた祐介は、顔をほころばせた。

「同じだよ。僕もこうやって旅するのは今回が初めてなんだ」

「え、ウソ⁉　だってすごく旅慣れしてるじゃないですか？　英語だって話せるし」

遥がそう言うと、祐介は激しく否定するように首を横に振ってみせた。

「英語は旅に出る2ヵ月前から慌ててインターネットの英会話で練習しただけだよ。必要最低限のことがようやく話せるくらいだから、難しい話になったらまったくわからないよ」

それから祐介は学生時代英語が苦手だったことや、旅先での英語の失敗談を遥に話した。

「えっ、じゃあ今までまったく海外に行ったことなかったんですか？」

「まったくってわけじゃないけど、ハワイくらいだよ。旅慣れしているように見えるかもしれないけど、タイに長くいるからってだけだと思うよ」

「意外でした。最初会ったとき、祐介さんのことタイ人だと間違えたくらいですから」

遥がそう言うと、祐介は日焼けした腕をさすりながら笑った。

「タイの後はどこに行かれるんですか？」

「明後日、カンボジアのシェムリアップに向かおうと思っているんだ」

「カンボジア？」

「うん、実は昨日聞き込みをしていたら、あいつが宿泊していたゲストハウスを市内で見つけたんだ。ギターを持った日本人は目立つらしくてね。そのスタッフはシェムリアップに行くのを見送ったって言うんだ」

「えっ！　それってすごい手掛かりじゃないですか！　すごい！」

「うん。あいつの手帳にも、シェムリアップ行きのバスに乗る時刻表と宿泊先のメモがはさんであったから、何か手掛かりがあるんじゃないかって思ってね」

「それってすごいじゃないですか！　鳥肌が立ちました！　このまま進んで行ったら見つかりそうですね！」

「うーん、そうなるといいね」

遥が喜んで見せると、祐介は不安そうに口元をきつく締めた。

「カンボジアに行っちゃったら、もうタイには戻らないんですか？」

遥は少し声のトーンを落としていった。

「うーん、わからないけど、たぶんね」

「そうか……明後日行っちゃうのか……」

遥は寂しそうに視線を落とした。

「祐介さん、明日は何してるんですか?」

「ん? 明日? 明日は南の市場に行こうと思っているよ。どうかした?」

「なんか日本を出てからこんなに人と話したことなかったので、もっとお話したいなって思って……」

それを聞いた祐介は少し照れたように笑った。

「明日、一緒に行ったら迷惑ですか?」

遥がボソッと口を開いた。

「え? 一緒に? 市場に?」

宇山がきょとんとしながら言った。

「そうですよね……迷惑ですよね」

「あ、いや、全然迷惑じゃないよ。でも遥ちゃんも明日予定あるんじゃないの?」

「ないです! 実は私この数日この雨でどこにも行ってないんです。それに……一人で出歩くのが怖くてまだどこにも行ってないんです……」

「あらら、そうなんだ。こっちはまったく構わないけど……っていうか、二人のほうが楽しいいし、心強いから来てくれると嬉しいよ」

「ホントですか⁉」

遥は子どものように目を輝かせた。

「じゃあ、何時に行きましょうか？」

「うーんとお昼頃かな？　途中に美味しいカオマンガイのお店があるらしいから、そこに寄って食べてから行こう。トミーに教えてもらったんだ」

「えっ！　カオマンガイ⁉　それ鶏肉のやつですよね！　食べたかったんですよ！」

「お、それはよかった。よし、じゃあ明日はそのプランで行こう」

そう言って祐介は窓の外に目をやった。

「あ、遥ちゃん、もう雨止んでいるみたい。そろそろ帰ろうか？」

窓の外を見て思い出したように祐介が言った。

「あ……本当だ。そうですね、戻りましょうか」

遥は少しつまらなさそうに返事を返した。もう少し彼と二人きりで話がしたかった。

〈野崎哲也の事情〉　進めない日々

病院のベッドの上で横たわっていた私（野崎哲也）は、スマホに表示される情報を目で追っていた。

最近はスマホの画面を数秒間見つめただけで、とてつもない倦怠感と苛立ちを覚える。調子のいい日であれば、数行くらいならメッセージを打つこともできるが、最近は眺めているだけで気持ちが悪い。

それでもスマホを見ることをやめなかったのは、旅先で会った人たちから連絡が来るようになったからだ。

私は数日前から、フェイスブックに自分の心臓のことを書き始めた。

心臓に病を抱えたまま旅をしていたことや帰国してからのこと、今後自分がどうやって生きていくべきなのか、自らが日々感じている不安を綴った。整理されていない自分の気持ちを書き込むことには抵抗があったが、それでも何かを発信しないと自分がこのまま消えてしまうような気がして怖かった。

幸いにして理解のある仲間たちから励ましのメッセージが届くようになった。

自由の利かない私にとって、フェイスブックを通じて旅の思い出を振り返っているときが、唯一すべてを忘れられる安息の時間だった。薬で朦朧とする意識のなかでも、私は仲間からのメッセージを待っていた。

そんななか、私はフェイスブックで気になる投稿を目にした。

旅に出ているという祐介の投稿だ。

見舞いに来た祐介を追い返してしまってから、彼とは連絡を取っていなかった。あの日のことを後悔し、いつかひょっこり現れるであろう祐介を私は心のどこかで待っていた。

ところがそんな祐介がバックパッカーをしていたのである。

彼のフェイスブックには、自分がかつて訪れた見覚えのある街並みや景色が並んでいた。

はじめは祐介の思いもよらない行動に目を疑った。旅先で自分が成し遂げられなかったことを、彼が代わりに行っていたからだ。

私はその様子を見て忘れかけていたかつての好奇心や、美しい旅路を思い出した。複雑な感情が心の奥を締め付けた。私の精神状態は彼の行動を素直に受け入れる余裕はなかったのである。

祐介のフェイスブックの投稿に疑問や戸惑いを感じたが、私は特にメッセージを送ることもなくそれを静観した。


日に日に体調は悪くなっていった。

黒いタールのような靄が身体にまとわりついてくるようだった。

食欲もなく、満足に眠れない日々が続いた。

ボーッとする時間が増え、自分が今、ここに存在していないような錯覚に陥ることもあった。これらは心臓の病からくるものではなくストレスが原因とされ、担当医からは心療内科でカウンセリングを受けるように勧められた。睡眠導入剤が処方され、それがないと眠ることができなかった。

睡眠がコントロールできなくなってきたころから、廊下を歩く足音や同室の患者の生活音が気になったり、室内の蛍光灯やカーテンから漏れる外の光を見ると不安を感じたりするようになった。

スマホの画面から放たれる光も例外ではなかった。

それでも私はスマホを枕元に置き、仲間たちからの連絡を待っていた。

誰かが私をこの状況から救い出してくれることを日々願いながら、昨日と同じ長い一日を過ごした。

やがて友人たちからのメッセージが途切れるようになると、彼らもまた自分の人生を楽しんでいるのであろうと思うようになった。

フェイスブックの投稿を見ると皆楽しそうにしている。

皆、制限のない人生を歩んでいた。

旅行をしている者もいる。

お洒落なカフェでケーキを頬張る投稿も、新しい生命を授かったというめでたい投稿ですら、今の私にとっては辛いものだった。

見舞いに来る友人もめっきり少なくなり、やがて訪れるのも親戚や家族だけになった。

自然と一人で考える時間が増えていった。

うまく自分と向き合うメンタリティなど持ち合わせていない。ろくでもない結論に達しても、それを否定してくれる人間もいない。私は孤独だった。最近では家族や医師の前ですら、嫌味ばかりが口をつくようになった。皮肉なことに身内や病院の人間をののしり、彼らを否定することが今の私を支える生きがいになってしまっていたのである。この状況から抜け出すために誰かの手を借りたかったが、具体的な対策は何一つ思いつかず、何をしても無駄だと思うようになった。

行き場のない苛立ちをぶつける場所もなく、八つ当たりをするような力もない。ただベッドに横たわって、その苛立ちと向き合わなくてはいけない。だがそれももう疲れた。

私は、このまま静かに消えることができればどんなに楽かと、弱気なことを思う時間が増えていった。

ただ生かされているだけの毎日に嫌気がさし、希望を持つことにも疲れていた。

それでも自ら命を絶てないのは、心のどこかで生きたいと強く願っている自分がいるからだった。

外部から入ってくる情報は不安定な気持ちにさらに拍車をかける。やがて私は外部との接触を避けるようになった。何かに期待しても、求めても、結果的に得られるものは苦痛でしかなかったからだ。

誰も信用できなくなったわけではない。しかし、これ以上外部の人間と接触をすると頭がどうにかなってしまいそうだった。

皆、他人の私の身に起こっていることに一時的な感情で興味を示してくれたに過ぎないのだと。ならばいっそのことつながりなどないほうが苦しむこともない。

すべてに背を向けることが、自分にできる唯一の悪あがきだった。


私は決心し、スマホの電源を切ることにした。

心残りは祐介だけだった。

もう一度会って謝りたかった。次に彼に会うまで、私はこれ以上自分を見失うことなく生きていられるだろうか。

グラスの氷（山平遥）

２０１５年７月。

山平遥はバンコク市内のゲストハウス兼レストランで働きながら、オーナーの夏美から経営を学んでいた。

夏美は遥よりも10歳年上だったが、しなやかに締まった身体と、女性でも見とれるような美貌を持っていて、艶のある長い髪を一つにまとめ上げるしぐさは引き込まれるような大人の色気を醸し出していた。

夏美の生き方や考え方に感銘を受けた遥は、海外での生活に魅力を感じ始めていた。そして漠然とだが自分も異国の地で挑戦したいという目標を持つようになった。

夏美は、１年前、チェンマイでタイ語教室の講師をしていたオンと結婚した。結婚を機にタイへの移住を決意した夏美は、輸入雑貨やヨガ教室の経営といった活動を続けるなかで、オンとともにこのマッサージサロン兼スクールを設立した。日本語で手軽に本格的なタイマッサージを学べることから、夏美のマッサージスクールに足を運ぶ日本人も多かった。

遥も仕事の合間に夏美のアシスタントや手伝いをするうちに、タイ式マッサージに興味を持つようになり、タイ式マッサージの資格を取得するためスクールに通うようになった。

夏美のスクールに通い始めて３日目。午後の休憩時間のことだった。

遥は暑さにぐったりしながら、ペットボトルの水を口に含んだ。室内はエアコンが効いているものの、マッサージの実技講習は身体を動かすため、額からは汗がしたたり落ちる。

「あ〜、気持ち良かった〜」

マッサージスクールに半ば強引に誘われた香織が身体を起こしながら、大きく気の抜けた声をあげた。

マッサージの講習は二人でペアを組んで行う。交代でお互いを練習台にしてマッサージを行い、指摘や意見を交換する。遥の相手は必然的に香織となった。

「ちょっと香織、今あんた寝てたでしょ?」

「何言ってんの……寝てないよ……」

遥のマッサージをうけていた香織は、あくびを手で隠しながら返事を返した。備え付けの扇風機は室内に平等に風を届けたが、午後になってどんどん上昇する気温を下げることはできなかった。

「それにしても暑いですねぇ」

講習を行う部屋の奥から、夏美がグラスを乗せたお盆を持って現れた。黒の薄地の衣服が、夏美の綺麗な身体のラインをはっきりと浮かび上がらせていた。彼女は氷の入ったお茶を各テーブルに配りながら、生徒一人一人に声をかけて回った。

講習には自分を含めて10人の日本人がいた。20代前半から最年長は40歳の男性まで年齢層はさまざまだった。

「私、マッサージしながら暑さで倒れそうでしたよ」

そう言い放った隣の女性は、額から吹き出す汗をぬぐいながら、まんざら冗談でもなさそうに笑った。

「皆さん、つらいときは自分のペースで休んでも構わないので、たくさん水分を補給してくださいね」

グラスを配り終えた夏美が言った。

「夏美さん、タイで一番暑い時期っていつ頃なんですか?」

生徒の一人が夏美に尋ねた。

「えーっと、時期でいうと4月から6月頃が一番暑いんですけど、雨期に入る今頃のほうが蒸し暑くて、慣れないうちは過ごしづらいですね。でも今年はまだましなほうかも。去年はもっと暑かったんですよ」

「えー、もっと暑かったんですか?」

「ええ、私、暑いのが苦手で、それこそ毎日暑さで倒れそうでしたよ。そのころはまだマッサージスクールに通っていたんですけど、家から出たくなかったのを覚えているわ」

「夏美さんはどうしてこの仕事をしようと思ったんですか? しかも暑いのが苦手なのにわざわざタイで」

「うーん、日本でOLをやっていたころに不規則な生活とストレスが続いて体調を崩しやすくなってしまったんです。なんとなく生活を変えたいと思っていたときに、勢いで始めたヨガにすっかりハマったんです。健康できれいなメンタルと身体を維持することの重要性を感じて、24歳で仕事を辞めてアロマテラピーとリフレクソロジーの資格を取ったり、独学でエステの勉強をしたりしました。それからはしばらく日本で仕事をしていたんですが、タイにマッサージの勉強に来たときに主人に出会ってしまって……」

夏美は少しのろけるようにオンのほうを見て言った。

「それにマッサージスクールでペアを組んでいた女の子が、私にマッサージの才能があるってすごく褒めてくれて、なんだかその気になっちゃって」

夏美は機嫌よく思い出話をしながら奥からもう一つ出してきた扇風機のスイッチを入れると、ふと何かに引っかかったような険しい顔をした。

「夏美さん、どうかしたんですか?」

その様子を見た香織が気にするように尋ねた。

「うん、そういえばね。そのマッサージスクールでペアを組んでいた女の子のことで思い出したんだけど……」

一瞬、表情をこわばらせた夏美が話し始めた。生徒たちに向けられた扇風機が室内の空気を落ち着かせるように回っている。

「私がチェンマイでタイ式マッサージを勉強していたときにね、その韓国人の女の子が、帰宅途中に市場の路上で倒れている日本人男性を見つけたってことがあって……」

夏美が話す事件めいた話に、教室内の生徒たちも興味津々な雰囲気となった。

「みんなで介抱したそうなんだけど、結局その男性、意識が戻らないまま運ばれていったそうよ」

「え！　暑さで倒れちゃったんですか?」

隣のテーブルの女性が尋ねた。

「それがわからないんだけど、倒れていた男性と一緒にいた日本人男性が心臓マッサージを始めたらしくって……でも、その倒れた男性はぐったりしたままだったって……」

「えー！　心不全っていうやつですかね⁉　その男性はそのあとどうなったんですか？」

香織があまり見せたことのない神妙な様子で尋ねた。

「うーん、その韓国人の女の子は、男性がトゥクトゥクで運ばれたところまでは見ていたって言っていたけど、その後どうなったかまではわからないのよね」

夏美のどこか聞き覚えがある話に、遥はグラスに入ったお茶を飲みかけてやめた。

「遥？　どうしたの？」

突然、上の空になった遥に香織が話しかけたが、遥は無言のまま動かなかった。遥の様子を気にしつつも香織は、夏美の話をもう少し詳しく聞きたかったので、さらに質問をした。

「ところで、その女の子は、なんで倒れている男の人が日本人ってわかったんですか？」

「あ、そうそう。それなんだけど、倒れていた男性ってよくバスキングをしていたそうなのよ、毎日同じところにいたから二人はよく話していて顔見知りだったみたい」

「バスキング？　バスキングってなんですか？」

「えーっと、よく日本でも街角でギターを弾いて歌っているじゃない？　弾き語りっていうのかしら？　それをこっちでは『バスキング』っていうらしいわ」

「バスキング……？」

目の焦点が合っていない遥がボソッとつぶやいた。

「遥、大丈夫？」

香織は突然様子が変わった遥を不思議そうな顔で覗き込んだ。隣のテーブルで会話をしていた4人もその様子に気がついた。

「遥？　ねぇ、大丈夫？」

香織は遥の隣まで行くと彼女の膝に手を置いた。遥は、「大丈夫」と言って、何かを思い出すように額に手を置いた。

「ギター……バスキング……日本人……心臓」

優しくて、寂しそうな懐かしい彼の声は、たった数日一緒にいただけだったが、遥の心にずっと残っていた。

「祐介さん……祐介さんだ……」

遥は、その名前を口からこぼした。生徒たちの視線が遥に集まり、不思議な空気が張り詰めていた。

「遥さんどうしたの？」

夏美が心配そうに声をかけると、遥は眼を見開いて夏美のほうを振り返った。

「夏美さん！　その話もっと詳しく聞かせてください！」

夏美からの電話（デイジー）

２０１５年7月16日。

一年前にバンコクから帰国したチソンは、ソウル市内でエステサロンの経営を始めた。サロンの経営はなかなか波に乗らなかったが、確かな手ごたえを感じていた。

店の入り口に飾る絵を探していたチソンは、ソウル市内のアンティークショップに向かう途中、スマホの着信に気がついた。スマホに表示された「ナツミ」の名前に驚くと、懐かしさと嬉しさがこみ上げてきた。チソンは急いで路地のわきに身を寄せて、夏美からの電話に出た。

〈デイジー元気!?〉

懐かしい声だった。

『デイジー』、それはかつてチソンが勇気を出して踏み込んだ世界で得た名前だ。タイで過ごした数ヵ月は誰の目も気にせず、自分らしく生きられた時間だった。

タイでの出会いと思い出がフラッシュバックすると、頭のなかで、「チソン」と「デイジー」のスイッチがバチンッと切り替わった。

「ナツミ、久しぶりね！　どうしたの!?　元気だった？」

デイジーは思わず大声を出した自分が、周囲から浮いていることに気がつき、少し声を抑えた。

「あ、ナツミ、オン先生と結婚したんだって？　フェイスブックで知ってびっくりしたわよ！」

〈うふふ。ごめんね、デイジー。すぐに話そうと思ったんだけど、いろいろとあの後忙しくって。今、彼と一緒にバンコクでマッサージサロンをやっているの。しばらく韓国に行くことはできそうにないから、もしデイジーがバンコクに来ることがあったらぜひ遊びに来てよ！〉

「バンコク⁉　懐かしいわね。もちろん行くわ！」

もともときれいな発音だった夏美の韓国語は、以前会ったときよりもさらに聞き取りやすくなっていた。タイで過ごした時間がデイジーの脳裏に蘇ってきた。

〈あ、デイジー？　昔話をたくさんしたいんだけど、先に聞きたいことがあって……〉

急に話題を切り替えた夏美の声は少し神妙だった。

「え、うん。どうしたの？」

〈1年前の話で覚えているかわからないんだけど……〉

「1年前？」

デイジーは不思議そうな声で言った。

〈そう、1年前の夏にギターを持った日本人男性が倒れていたって話をしていたわよね？〉

「え⁉　もちろん覚えているわ！　何かあったの？」

〈その男性の話をもう一度詳しく教えてもらえないかな？〉

「テツヤのことね。よく覚えているわ」

〈テツヤ？　その男性の名前は「テツヤ」っていうのね？〉

「ねぇナツミ、何かあったの？　ひょっとしてテツヤのこと何か知っているの⁉」

少し興奮した様子のデイジーに、夏美はいきさつを話した。

デイジーは話の途中で口を押さえたままその場にしゃがみこんだ。この1年間、テツヤがどうなったのか心配でならなかったからだ。一通り話を聞いたデイジーは、夏美にその当時の状況を思い出しながらできるだけ詳しく話した。

「ナツミ、自宅に戻ればテツヤの写真があるはずなの。帰ったらすぐに送るわ、ギターを探している彼に、写真の男性がテツヤかどうか確認してみて」

〈え⁉　本当に⁉　お願い、送ってもらえるかしら。それからデイジー、そのギターは今どこにあるのかわかる？〉

夏美が核心に迫る質問をすると、デイジーは一つ息を吐いて、呼吸を整えた。

「もしもそのままで残っているなら、チェンマイのサルーハウスっていう宿に置いてあるわ」

〈宇山祐介の事情〉　想いがつながるとき

タイ↓カンボジア↓ラオス↓ベトナム↓フィリピン↓インドネシア↓マレーシア↓シンガポール↓ミャンマー……。

哲也のノートをたどると、彼のことを覚えている人たちに遭遇することもあり、情報は思いのほかスムーズに集まることが多かった。道中、何度も〝そろそろギターが見つかるのではないか？〟と淡い期待が頭をよぎった。

しかし、どこに行ってもギターはなかった。

ノートに頼ってギターにたどり着くことに限界を感じ、捜索の時間も日に日に減っていった。やがて哲也の情報も途絶え、私（宇山祐介）は静かにギター探しを断念した。

とはいえ後悔はなかった。

ギターは見つからなかったが、清々しいほどの達成感があったからだ。

無謀な挑戦がただ終わっただけ。帰国するという選択肢はまったく頭になかった。

これからは哲也が教えてくれた『旅』を楽しもうと考えた。

そして、私はせめて〝哲也の旅〟を引き継ごうと、彼のノートに挟まっていた『やることリスト』を実行することにした。

２０１５年７月16日。

私（宇山祐介）はエジプトのダハブにいた。アフリカ大陸を縦断した後、南アフリカから航空券が安かったエジプトに移動したのだ。アフリカ縦断のはじめの国がエジプトだっただけに、アラブ人の喧騒が私にとっては懐かしくすら思えた。

私が再びこの街に戻ったのは、スキューバのライセンスを取得するためだった。ここダハブはイスラエル寄りのアカバ湾の近くに位置しており、近くにはかつてモーセが十戒を授かったと言われるシナイ山がある。

砂漠とピラミッドのイメージが強いエジプトだが、バックパッカーの間では、密かなダイビングスポットとして知られている。

初日のスキューバ講習で、私が水に慣れていないことを知った講師のハッサンは、講習を中止してバディと一緒に二人を陸に戻すと、私が少し水に慣れるまで講習は延期すると話した。

二人で一組とみなされるため、バディ役の由佳は、完全にそのあおりを受ける形になったうえに、30代半ばの男性の泳ぎの練習に付き合わされた。泳げないアジア人が浅瀬で必死に練習する姿は、現地の人間からするとよほど面白いのか、ギャラリーはどんどん増えた。

しかし、私が真剣に練習していることを理解すると、さっきまで笑っていた男たちも見かねて海に入り、泳ぎを教えてくれるようになった。子どもたちは空のペットボトルを浮輪代わりに持ってきて一緒に泳いでくれた。

泳げない男をバディに選んでしまった由佳は、不機嫌そうにその様子を眺めていた。

6日前。

私は南アフリカのケープタウン国際空港の待合室で由佳と出会った。

「こんにちは、日本人ですか?」

話し相手が欲しかった私は、日本のパスポートを持っていた彼女に話しかけてみた。

長く旅をしてさまざまな旅行者を見てきたせいか、履いている靴や髪型、化粧の仕方で旅の長さがなんとなくわかるようになっていた。

彼女は旅慣れしている様子だった。

短期の海外旅行者は日本人同士でも話しかけられるのを嫌う人が多く、旅中よくそういう人と遭遇したが、バックパッカー同士は情報を交換するために、こうして話しかけることが多かった。

彼女は旅を始めて1年目のバックパッカーだった。私がこれからスキューバのライセンスを取得するためにエジプトのダハブに向かうことを話すと、偶然同じ場所に向かう予定だった彼女は、ノリ良く一緒にライセンスを取ろうと言ってきた。ライセンスの講習は二人で一緒に申し込むと20パーセントほど割引されるため、由佳の提案は互いにメリットがあるものだった。

色白で小柄な由佳は、優しく気が利く子だった。ただ、負けん気の強さは人一倍強く、交渉ごとに関しては言葉巧みなアラブ人を前にしても物おじしなかった。

そんな由佳が辛抱強く待ってくれた甲斐もあって、私は2日でそれなりに泳げるようになった。その後、数日に及ぶ講習を受けた二人は、無事にスキューバのライセンスを取得したのだった。哲也の『やることリスト』に書かれた〝スキューバのライセンス取得〟は、この日達成された。

バンコクで出会った遥から連絡が入ったのは、その翌日のことだった。

「ユウスケ、電話が鳴ってるよ」

ハッサンがテーブルの上で鳴っているスマホを指して言った。ハッサンはスキューバの講師でもあり、私が滞在するゲストハウスのオーナーでもあった。海から30メートルほどしか離れていない好立地にあるゲストハウスは、老朽化が進んでいるものの、ほのかに陽の光が差し込み、絶妙なタイミングで心地良い風が抜ける。ゆったりとくつろげる共有スペースや屋上から見える景色は美しく、長期滞在する宿泊者でいつもあふれていた。

すでに切れてしまったスマホの着信履歴を見ると、電話の相手は山平遥だった。何度か電話をかけてきていた様子で、メッセージもきていた。

『祐介さん、お久しぶりです。以前話していたギターはまだ探していますか？　実は祐介さんのご友人のギターのお話をもう一度詳しくお聞きしたくて連絡しました。時期とか場所とか知りたいです。ひょっとしたら手がかりを見つけたかもしれません』

遥から届いたメッセージを読んだ私は期待と複雑な思いで平静を保つことができなかった。

そして、この遥からのメッセージは、一時はあきらめていたギター探しへの情熱を再び奮い立たせるものだった。遥にメッセージを返そうとスマホを操作しようとしても、気持ちが焦ってうまく文章を作ることができなかった。じれったくなった私は、直接電話をかけることにした。

「もしもし。遥ちゃん？」

〈もしもし！〉

少し雑音が入ったが、一瞬間を空けてから、1年前と変わらない声が電話の向こうから聞こえた。

「久しぶり。遥ちゃん元気?」

〈はい、元気ですよ！　祐介さんも元気そうですね！〉

私は弾むような彼女の声のなかに、少しだけ緊張があることを感じた。

〈祐介さん……あの、いきなりなんですけど、例のギターって見つかりました?〉

遥が切り出した。

「いや……まだ見つかってないんだ……」

まるで遥の緊張が伝染したように、私の声のトーンも変わった。

「さっきの手がかりってどんな?」

〈あの……実は……あ、いやひょっとしたらなので……まだ確証はないんですけど……〉

遥は考えがまとまらない様子だった。

「何があったの?」

電話の向こうでまごつく遥を、私は少し急かしてみた。

〈はい、私、今バンコクのマッサージスクールで講習を受けているんですけど、祐介さんが以前お話してくれたご友人のお話とすごく似ている話を聞いたんです。それで確認したいんですけど、祐介さんのご友人が倒れたのって1年前の……えーっと、２０１４年の３月ですか?〉

哲也が帰国したのは確か２０１４年の4月の初旬だった。そうなると、倒れたのは3月だったとしてもおかしくはない。

「ああ、それくらいだ。3月くらいだと思うよ」

〈やっぱり！　3月ですね！　ちょっと待ってくださいね。夏美さん、やっぱり3月だそうです！〉

遥が近くにいる誰かに確認をする声が電話越しに聞こえた。

〈もしもし祐介さん？　聞こえますか？　それで、私の通っているマッサージスクールの講師をやっている夏美さんっていう方がいるんですけど、彼女、当時チェンマイで出会った韓国人の女性から聞いたそうです。「ギターを弾いていた男性が倒れていた」って。今、夏美さんがその韓国人女性の連絡先を調べてくれています〉

私は自分のなかで起こっている葛藤で、頭のなかが真っ白になった。

〈もしもし？　祐介さん？　聞こえますか？〉

「あ、ごめん、聞いてるよ。それで？」

私は混乱する頭を無理やり切り替えた。

〈その韓国人の女性、その倒れた男性と知り合いだったらしくって、その韓国人女性に連絡が取れたら、その男性の名前も確認してみます〉

「その韓国人はタイに住んでるの？」

〈今はどこに住んでいるのかわからないそうです。ただ、夏美さんがフェイスブックでつながっているそうなので連絡はすぐに取れるそうです〉

〈それから――〉

遥が続けた。

〈もしその男性が祐介さんのご友人だったとしたら、ギターはその韓国人女性が持ってい

る可能性があります〉

「え、どういうこと？」

〈さっき夏美さんから聞いたんですけど、その韓国人の女性、そのとき持っていたそうなんです！　その男性のギターを！〉

明日の朝じゃダメなのよ（デイジー）

２０１５年7月16日。

デイジーはソウル市内のオフィス街で夏美と電話で話し込んでいた。

「じゃあ、今からサルーハウスに電話して聞いてみるわ。大丈夫、私、『いつか友人がギターを取りに帰ってくるから預かっておいて』ってオーナーのポールに言ってあるの。そのまま保管してくれていると思うから事情を話せばすぐにギターを返してくれるわ」

デイジーは、夏美との電話を切ると、道端にあったベンチに腰を下ろして、スマホでサルーハウスのオーナーの連絡先を探した。

「サルーハウス……サルーハウス……あった！」

デイジーは以前お世話になっていたサルーハウスのオーナーであるポールとフェイスブックでつながっていたため、連絡先はすぐに見つかった。

（時差は2時間だったわね、今ソウルが16時だからチェンマイは14時のはず……今なら読んでくれるかしら）

願うようにしてデイジーはポールにメッセージを送った。運良くポールがログインしていたようで、デイジーの送ったメッセージにはすぐに既読のマークが付き、間もなく返信が来た。

《すまないデイジー、ギターは3ヵ月ほど前にオーストラリア人が持って行ったよ》

そのメッセージを見て、デイジーはすぐにポールに電話をかけた。

〈やぁ、デイジー、久しぶりだね。元気だった？〉

ポールはデイジーのことをよく覚えていた。

〈すまないデイジー、手違いでうちのスタッフが旅行中のオーストラリア人にギターをあげてしまったそうなんだ〉

「手違いって、そんな……、友人が取りに来るって言ったじゃない！」

〈すまないデイジー、あの宿は今は若いスタッフに任せていて、私もギターが失くなっていたことは今日知ったんだ〉

「そんな…。ギターは？　そのオーストラリア人は、今どこにいるかわかりますか？」

〈わからないけど、ウチのスタッフがそのオーストラリア人と仲が良かったから、何か知っているかもしれない……でも彼は明日の朝にならなきゃ出勤しないんだ〉

「明日の朝ね。ポール、お願いがあるの」

〈何だい？〉

「そのスタッフの連絡先を教えてくれない？」

〈えっ？　デイジー落ち着いてくれよ、明日の朝じゃダメなのかい？〉

「ええ、どうしてもすぐに連絡を取りたいの。ポールお願い！」

電話の向こうでポールは考え込んだ様子だった。それから、うーん、とひねり出すように声を上げてから、

〈わかったよ。じゃあ、今から僕が彼に連絡するから、オーストラリア人の行方と、ギターがどこにあるかを確認して今日中に君に連絡するよ。それでいいね？〉

と観念したように言った。

「本当に⁉　ポールありがとう！」

〈いいんだ。悪いのはこっちだからね〉

デイジーはポールとの電話を切った後、アンティークショップに行くのをやめて足早に自宅に戻った。

そしてＰＣのなかにあるテツヤの写真を探した。チェンマイに滞在していたときの懐かしい写真が次々とスクロールされていく。そのなかに２人で撮った写真があった。

写真のなかの二人は、まるで恋人同士のように寄り添っていた。

〈宇山祐介の事情〉　送られてきた写真

私（宇山祐介）はエジプトのダハブで遥からの連絡を待っていた。

ダハブの昼間は暑いため現地の人々はあまり活動しないが、日が落ちて暗くなる頃から、広場や通りに人が出てくる。子どもたちも夜遅くまで遊んでいる。屋上から見えるスポー

ツカフェはシーシャ（水たばこ）を吸いながら、サッカーを観戦する地元民で溢れている。酒を飲まないイスラム教徒の夜はどこか健全で秩序があるようにも見えた。

「祐介さん、ハッサンとシーシャ吸いに行くんだけど一緒に行かない？」

屋上に上がってきた由佳がカフェに誘ってくれたが、頭のなかが整理できていない私は、うん、と適当な返事を返してスマホに目を移した。

「……じゃあ、先行っているからねー」

由佳はため息の混ざった声で言いながら階段を下りて行った。

遥から送られてきた写真には二人の男女が写っていた。

色白のかわいらしい女性の横で、ぎこちない笑顔を作って見せる男性に私は見覚えがあった。無精ひげを生やし、日焼けした姿だったが、その男は間違いなく自分がよく知る人物だった。震える指で宇山はすぐに遥に電話をかけた。

「哲也だ、間違いない、哲也だよ」

声を詰まらせながら私は言った。

女性の隣に写る人物が、野崎哲也であることが伝わると、電話の向こうで歓声が上がるのが聞こえた。

〈祐介さん、ちょっと待ってくださいね！　夏美さんと替わります〉

遥は興奮した様子で私にそう言うと、夏美と電話を替わった。面識のない人との電話はいつもなら緊張するところだが、気にしている余裕などなかった。

〈祐介さん、はじめまして夏美です〉

「あ、祐介といいます、はじめまして」

〈ギターの消息なんですけど……〉

あっさりとした自己紹介の後、夏美は慎重に話し始めた。

「は、はい！　どうでした⁉」

夏美は、デイジーがサルーハウスにギターを預けたことや、そのギターが今、何者かによって持ち出されていることを伝えた。

電話越しに落胆する様子の私に、

〈でもね〉

と、夏美は落ち着いた口調で続けた。

〈デイジーがサルーハウスのオーナーに聞いてくれて、ギターの行方を追ってくれているわ〉

「え？　デイジーって、韓国人の女の子が？」

〈そうなの。彼女、哲也さんとは、それっきりになってしまって……。彼のことがずっと心配でしばらくタイから帰国しないで待っていたそうよ。彼女、『これは私の問題でもあるから』って言ってたわ。だから祐介さん、絶対に希望を捨てちゃダメですよ〉

私は見知らぬ人間が我々のためにこんなにも動いてくれていることに、なんと礼を言っていいかわからず、言葉を詰まらせた。

「それで……そのサルーハウスからギターを持ち出した人物の情報はあるんですか？」

〈デイジーがオーナーに詳しいことを確認中だって言っていたけれど、どうも宿泊してい

たオーストラリア人が持っていったらしいの〉

「オーストラリア人が？」

〈そうみたい。サルーハウスのスタッフが、ゲストハウスに置いてあった哲也さんのギターをそのオーストラリア人にあげたらしいの。その人がまだ持っていればいいんだけど……〉

「そうですか……」

それを聞いた私は、一度はつかみかけたギターの行方が一気に遠くなっていく気がした。

〈でも、ギターがサルーハウスにあったってことがわかっただけでも奇跡的だと思わなきゃ〉

夏美はポジティブだった。そうだ、確かに彼女が言う通りだ。ギターを受け取った人物が明らかになった今、持ち主をたどればおのずと哲也のギターに行きつくはずだ。

希望の糸を紡ぐように（デイジー）

ポールとの電話からしばらくして、デイジーの元に彼からメッセージが届いた。

《デイジー、スタッフに確認したけど、そのオーストラリア人はすでに帰国していて、メルボルンのクイーンヴィクトリアマーケット付近のアジアン料理店で働いているらしい。ただし、３ヵ月前の情報みたいだから、彼はもうすでにいないかもしれないって。それから帳簿の情報だけど、名前はリッキー・ハーバード、今は23歳、当時は学生だったようだ

ね。僕らにできるのはここまでだ。個人情報だからこういうのは、本当は良くないんだけど、今回は特別だよ》

そのメッセージを見たデイジーは、ポールに思いつくありったけの感謝の言葉を綴って返信した。

早速デイジーは、インターネットでメルボルンのクイーンヴィクトリアマーケット付近のアジアン料理店を検索した。検索には3件のレストランがひっかかった。

（3件か。意外と少ないわね。これなら探せるかも）

時計は夜9時を少し回っていた。韓国とメルボルンとの時差は2時間あるため、現地は夜11時だ。

「この時間だと、もうお店も閉まっているかしら」

デイジーはとにかく一件目のレストランに電話をかけてみた。

インタビュー2（塩見麻里）

塩見麻里は、宇山祐介が話す〝ギター探しの旅〟であった出来事を興味深く聞いていた。目の前の男が口にするその物語は塩見の想像をはるかに超えたものだった。

「じゃあ、そのオーストラリア人がギターを持っていたっていうことですか？」

興奮気味の塩見は宇山の話に思わず割って入った。

宇山はため息をつきながら頭を小さく左右に振った。

「それがなかなかうまくいかないもので…。でも、デイジーは本当によく走り回ってくれたんです。私たちのために」

信じられない話の連続だった。夏美がタイミング良くマッサージ教室でデイジーの話をしたことも奇跡的だったが、それ以前に宇山と遥が出会っていなければ、この話もなかったわけだ。そもそも、無謀な〝ギター探し〟を始めた宇山の行動がなければ、こんな奇跡は起こっていない。

「少し伺ってもいいですか？」

と、塩見は前置きしてから宇山に尋ねた。

「なぜご友人のために、宇山さんはそこまでできたのですか？　宇山さんをそこまでさせるものが何なのか知りたいのですが…」

単純で素朴な疑問だったが、物語のすべてはそこにあるような気がした。塩見は最初に夏美からこの話を聞いたときから不思議に思っていた。同じ質問を電話越しで夏美にしたときも、

「確かにそこよね。本人に聞いてみたらどう？　後で私にも教えてよ」

と、夏美も不思議そうに言っていた。

塩見には、宇山が存在すら危ういギター探しのために、ほとんど先の見えない旅に出たことが理解できなかった。彼が旅に出た34歳という年齢を考えれば、職場での地位を固め、家庭を持ち、マイホームのローンや子どもの学費に頭を悩ませる年齢だ。

「ははは、何でなんでしょうね。正直言ってよくわかんないんです」

宇山は塩見の期待を裏切るように笑って言った。

塩見は満足するような答えを得られなかったが、それでも二人の間にある固い絆のようなものを感じ取っていた。話を最後まで聞いたらもう一度同じ質問をしようと塩見は思った。野崎哲也と宇山祐介が見た世界をつなげる意味で最も重要な部分だと思ったからである。

希望と執念（デイジー）

次の日の朝、出勤して間もなく、デイジーのもとにメッセージが届いた。

差出人はリッキー・ハーバードからだった。


昨夜、デイジーが最初に電話したレストランで、リッキー・ハーバードは働いていた。

「こんばんは。遅くにすみません。私はデイジーといいます。お尋ねしたいのですが、そちらにリッキー・ハーバードさんはいらっしゃいますか？」

電話に出た男性スタッフに丁寧に伝えると、閉店の準備をしていたところにかかってきた外国人からの電話に少し驚いた様子だった。

〈リックの知り合いかな？　あいつもう帰っちゃったかも。確認するからちょっと待ってね〉

男性スタッフは快く対応してくれた。奇跡的な展開にデイジーは目を丸くした。まさか一件目で見つかるわけがないと思っていたデイジーの鼓動は一気に早くなり、どうやって伝えていいか今さら考え始めた。

〈はい、リッキー・ハーバードですが？〉

1分ほど待つと、爽やかな若い声の男性が電話に出た。デイジーは緊張で思わず声が出なくなってしまった。

〈もしもし？〉

「は、はじめまして、デイジーといいます……韓国人です！」

緊張と興奮でうまく話せない。

〈デイジー？　はじめましてデイジー〉

「突然申しわけありません。あなたにお聞きしたいことがあって連絡しました」

〈いいんだよ。それで？　僕に聞きたいことって？〉

少し間があったが、彼は真摯に答えてくれた。

「私はある探し物をしています。まず確認をしたいのですが、あなたは3ヵ月ほど前にタイのチェンマイに行きましたか？」

〈チェンマイ？〉

電話の向こうのオーストラリア人は、デイジーの発音に戸惑ったようにそう言うと少し黙った。デイジーは願うようにして彼からの返答を待った。

〈ああ、チェンマイね。行ったよ〉

「本当に⁉　タイのチェンマイよ⁉」

〈ああ、間違いなくタイのチェンマイに行ったよ〉

「そのときサルーハウスに宿泊しましたか⁉」

デイジーは立ち上がって自室のなかをうろうろしながら言った。

〈サルーハウス？……ああ。泊まったよ。懐かしいね〉

リッキーはさらりと言った。

「その宿のスタッフからギターを受け取りましたか？」

〈ギター？　ああ、受けとったけど……〉

そう言ってリッキーは少し考えているようだった。

「本当に⁉　そのギターは今どこにありますか⁉」

デイジーの握った拳に力が入った。すると電話の向こうから、「うーん」と、唸るような声が聞こえた。

〈残念だけど、ギターはここにはないんだ〉

少し間を置いてから、彼は申しわけなさそうに言った。

〈言いづらいんだけど……旅の途中で出会ったイスラエル人の友人にあげちゃったんだ
……ごめんね、あれは君のギターだったの？〉

デイジーは彼のその言葉を聞いて愕然としたが、希望を捨てずに彼に事情を説明した。

10分ほど説明しただろうか。デイジーのへたくそな英語をリッキーは真剣に聞いてくれた。

〈なるほど、事情はわかったよ。そんな大切なギターだったなんて……。すまなかった。

その友人と連絡を取ることができるかもしれないから、ギターのことを確認して君にまた

連絡するよ〉

「はい、お願いします。すみません、こちらの都合で職場まで電話してしまって……」

〈いいんだよ。そんなことよりギターを見つけられるように、僕もできるかぎり力になるよ〉

「本当にありがとうリッキー」

〈リックでいいよ。じゃあまた連絡するね〉

電話を切ると身体から一気に力が抜けた。デイジーはその場に座り込むと、テツヤの楽しかった日々を思い出した。彼を思うと目から涙がこぼれた。締め付けられるような胸に手を置いて、彼のノートに目をやった。夢のような彼との時間は間違いなくそこに残っている。どうしても、もう一度彼に逢いたかった。

言葉はうまく伝わらなかったかもしれないけれど、デイジーはあのとき、自分が間違いなく彼を愛していたと確信していた。

ソウルからの電話（デイヴィット）

ここはネパールのポカラにあるゲストハウス。

ゲストハウスに併設されたカフェで、イスラエル人はまるで主のように昼間からビールを飲んでいた。

27歳になったデイヴィットは、兵役のときに作ったドッグタグを手に取って眺めていた。

ドッグタグは6年前に事故で亡くなったジェイクのものだ。

デイヴィットは湖が一望できるオープンカフェに〝安息の地〟と勝手に名前を付けてそこに入り浸った。

好きな音楽を聴きながら、ほつれたソファに座って安物のビールを朝から喉に流し込む。自国で、どんなに自由気ままに過ごしても、安息を感じることはできず、デイヴィットは時間ができればひとりで旅に出てはこうして心休まる場所を探していた。

デイヴィットは事故で友人を失ったことが忘れられず、自責の念に駆られていた。あの夜、一緒にメコン川に行っていれば、ジェイクは死なずに済んだのでは？　自分はジェイクがあのときマリファナを吸って理性を失っていたことに気がついていた。なのに、なぜ彼を一人で行かせてしまったのか？

自分が幸せな環境に身を置くほど、あの日のことを思い出す。そのため定職についても気持ちが安定せず、長続きしなかった。

会計士の仕事を辞めたデイヴィットは、ジェイクと一緒に訪れて以来、初めて東南アジアを旅していた。

デイヴィットは、この旅で過去に起こってしまった事故と向き合うことで以前の生活を取り戻すきっかけにしたいと考えていた。

2週間ほどインドを周遊した後、デイヴィットは、喧騒を逃れるようにしてこのポカラを訪れた。この後、タイ、カンボジア、ラオスと回る予定だったが、進むほどにジェイクとの思い出が蘇ってきた。悪い気持ちにはならなかったが、思い出すほどに不安を感じた。

これ以上旅を続けても何も変わらない気がしたからだ。

澄んだ空気と心地良い雰囲気がデイヴィットの歩みを妨げ、足は次第に重たくなっていた。チベットで出会ったリックから連絡が来たのは、そんな頃だった。

〈デイヴィット、久しぶりだな！　元気にしてるか？〉

「やぁ、リック！　どうしたんだ？　こっちは元気だよ」

予想外の連絡に驚いたが、デイヴィットは相変わらず何の気兼ねもしないリックと自然に話すことができた。

「リック、もう帰国したのか？」

〈ああ、つまらない毎日を送っているよ〉

「つまらないって仕事がかい？」

〈何もかもだよ。刺激がなくってね。それも悪くないんだけど、また旅がしたいよ〉

「来ればいいんだよ。どうせ大した仕事じゃないんだろ？」

〈なんてこと言うんだよ！　相変わらずだな！　こっちだってそうしたいけどそういうわけにはいかないんだよ、生きていくためにはね〉

電話の向こうでリックは笑って返した。

〈なぁ、ところで俺の渡したギターってまだ持っているか？〉

「ギター？」

デイヴィットはソファの端に立てかけてあるギターに目をやった。

東チベットでリックと別れる際に譲り受けたものだ。

「ああ、今、俺のそばに置いてあるよ」

〈そうか、よかった〉

リックが安心したように息を吐いたのが電話越しにわかった。

〈実はさ、そのギターの持ち主っていう人が現れて、そのギターを探しているらしいんだ〉

「えっ？　このギターってリックのものじゃないのか？」

デイヴィットは少し驚いたように言った。リックは、「うーん」と、言葉をひねり出すように話し出した。

〈そのギターは、俺がタイのチェンマイっていう街の宿で、そこのスタッフから譲り受けたんだけどね……。どうやら、もともと旅人が置いていったギターらしいんだ。俺もついさっき知ったんだけどね〉

「ついさっき？　で、その旅人が返してくれって？　今さら？」

〈結果的にはそういう話なんだけど……どう思う？〉

リックは探りを入れるように言った。

「おいおい無茶言うなよ。冗談きついぜ」

〈そうだよな。でもそのギターの話なんだけど、複雑な事情があるらしいんだよ〉

「複雑って？」

〈えーっと、どっから話せばいいのかな。まずそのギターを探しているっていう韓国人の女性からいきなり俺の職場に電話があってね〉

「韓国人？　じゃあこのギターその女性のギターなのか？」

〈いや、どうやらその韓国人の友人のものらしいんだ〉

「友人？　ややこしい話だな、それで？」

〈それで、どうしてもそのギターを返してほしいらしくってさ。その韓国人の女性がデイヴィットと話がしたいそうなんだ〉

「その韓国人が？　今度は俺とか？」

〈ああ、どうしてもそのギターが必要らしい。ギターの送料とか、お礼のお金も払うって言ってたよ〉

「金も⁉　ちょっと待てよ。新しいギター買ったほうが全然安く上がるだろ？　この小汚いギターにどれだけの価値があるっていうんだよ⁉」

〈なんでも彼女の友人……つまりそのギターの持ち主っていうのが心臓が悪いらしくて、そいつがチェンマイに置いて行ったものらしいんだ。彼のもとにギターを戻してあげたいんだってさ〉

「心臓？　そいつ病気なのか？」

〈ああ、そう言ってたよ〉

「うーん。それで？　その女性はどうやって俺と連絡を取ろうとしているんだ？」

〈君の了承がもらえれば、僕が君のフェイスブックを彼女に教えるよ。君も話してみたらわかると思うんだけど、悪い子ではない気がするんだ。どうか力になってやってくれないかな？〉

「そうか……まぁ、君がそう言うなら…話してみるか」

〈ありがとうデイヴィット。じゃあ彼女に連絡しておくけどいいかな?〉

「ああ、いいよ」

〈あ、そうそうデイジーと英語で話すときはゆっくり話してやってくれ。慣れるまで時間がかかるみたいだから〉

「デイジー?」

〈そう、デイジーだ。その韓国人の名前だよ。落ち着いたら、メルボルンに遊びに来いよ。じゃあな〉

そう言うとリックはあっさり電話を切った。

デイヴィットは冷蔵庫から瓶に入った冷えたビールを取り出すと、テーブルの角を器用に栓抜き代わりにしてビールの蓋を開けた。ビールの泡が上がってくると、デイヴィットはそれに口で蓋をするように飲み始めた。

噂のデイジーから電話がかかってきたのは、デイヴィッドが瓶から口を離したときだった。

こんなに早く電話がかかってくるものなのかと、デイヴィットは目を丸くしながらテーブルの上にある自分のスマホを覗き込んだ。音声をスピーカーにして電話に出ると、向こうから若い女性の声がした。

デイジーと名乗る女性はか弱い声で、一生懸命丁寧な英語で話そうとしていた。わざわざ電話をしてくるくらいだから、我が強く自己中心的な女性だと勝手に想像していたが、彼女の姿勢にデイヴィットは考えを改めた。

デイジーは子どもに本を読み聞かせてくれるような口調で、事情を丁寧に説明してくれた。そして何度も「ギターを友人のもとへ返したい」と話した。彼女は電話の向こうで泣いているようだった。

デイヴィットは奇妙な状況に戸惑っていた。会ったこともない韓国人女性から急に電話がかかってきて、泣きながらギターを譲ってほしいと嘆願されている。

ふと、テーブルの上にあるジェイクのドッグタグが目に入った。面倒に巻き込まれるのはごめんだったが、なんとなくジェイクに尻を叩かれている気がした。

「さっき君の友人がバンコクでマッサージサロンをやっているって言ってたよね？」

デイヴィットはデイジーに尋ねた。

「こういうのはどうだろう？」

デイヴィットは提案を持ち出した。

「ちょうどこれからタイに行こうと思っていたんだけど、ついでに僕がギターを持って君の友人がやっているマッサージサロンを訪ねるよ。これでどうかな？」

そう言ってギターに目をやると、その隣でジェイクが満足そうに笑っている気がした。

〈宇山祐介の事情〉再会

感情を表現する言葉はいくつかあるが〝悲しい〟という表現一つとってみても、十人十色の〝悲しい〟が存在する。

感情に形はない。だが間違いなくそこに存在する確かなものだ。

感情の形を伝えることができるのは言葉やしぐさであり、知識や表現が豊かであるほど多くの人に自分の感情を受け入れてもらうことができる。

ときに、表現することができない感情は行き場を失い、脳内をかけめぐり増幅を繰り返しながら液体化し、やがて網膜に達する。

感情が溶け出したその液体は、自らの意思と関係なく目の表面を覆い、瞼を閉じると頬を伝ってこぼれ落ちる。

〝涙〟である。


2015年7月。タイ・バンコク。

空港におりたった私（宇山祐介）をうだるような暑さが迎えてくれた。

背中にかいた汗の上からバックパックを背負うと私は急ぐように乗り合いバスを探した。

空港から1時間ほど走ったところで私はバスを降りた。

そこはバンコクの中心街から少し外れており、ローカルな飲食店や屋台が多く立ち並んでいた。

よく知った懐かしい香りが鼻に飛び込んでくる。

通りに大きな看板が出ていたおかげでゲストハウスはすぐに見つかった。

建物はマッサージサロンとゲストハウスに分かれていて入口にはそれぞれ〝オンマッ

サージサロン〟と〝ゲストハウス夏美〟と書かれていた。

どちらも私が想像していたよりも大きな建物だった。

ゲストハウスの中に入ると広々としたリビングが目に入った。サンダルを脱いで上がり込むとソファで横になっている男性がこちらに気がついた。

「あ、予約のひと?」

男は起き上がると分厚い丸眼鏡を直しながらぶっきらぼうに尋ねた。

「あ、はい、予約した宇山です」

「はいよ、ちょっと待ってねー。おーい、カオリちゃーん! お客さんだよー」

眼鏡の男は40歳くらいで、長くここに滞在しているようだった。

奥から〝はーい〟と若い女性の声がした。

「すぐ来ると思うから、適当にその辺に座って待ってなよ。あ、コーヒー淹れるけど飲む?」

私が遠慮するそぶりを見せると、

「遠慮するなって、コロンビア産の美味しい豆が手に入ったんだ」

「すみません、コーヒーが苦手なんです」

「えっ? そうなの、そっか…。じゃあしょうがないか」

男は残念そうに言った。

「すみません…。タイティーとか甘いのなら好きなんですけど、苦いのが昔から苦手で…」

私がそういうと男はそっけない態度で、奥に見えるキッチンの方へ消えていった。

私がバックパックを背中からおろして、リビングをウロウロしていると、奥から若い女性が現れた。

「すみません、お待たせして。ご予約の方ですか？」

「はい、予約した宇山です…、あの、遥さんいらっしゃいますか？」

私がそう返すと女性は少し間をおいてからハッとした顔をした。

「い、います！　遥います！　祐介さんですよね⁉　すぐ呼んでくるのでちょっと待っててくださいね！」

「遥！　遥！　来たよ！」と声をあげながら、その若い女性はマッサージサロンの方へ走って行った。

リビングが静まり返り、挽いたばかりのコーヒーの香りがキッチンから流れてくる。

滞在している客は先ほどの男と私だけのようだった。

〝改装中につき2階のバスルームを使用してください〟

〝使い終わった食器は各自責任をもって洗う事〟

日本人が多く訪れるのだろう、どこも日本語で注意書きがしてあった。

落ち着いていられなかった私は、ふらふらとゲストハウスの中を見て回った。

そして気持ちの良い風につられるように2階へ上がった。

屋上につながるドアが開いていて、風はそこから流れこんでいた。

そこには白いシーツが一枚、風に揺れていた。

緊張をほぐすように私は大きく背伸びをした。

そしてふと考えた。

私の旅はこれで終わるのだろうか？

日本に帰ったらどんな生活をすればいいのだろう。

どこで暮らそう、仕事はどうしたらよいだろうか。

30半ばで後先考えずに旅を始めた代償は大きいように思えた。

悩んだ時間にすれば数秒であったが、私はあっさりこの問題について考えるのをやめた。

不思議となんとかなるような気がしたからだ。

私はこの旅で日本では交わることがないであろう個性豊かな旅人たちに出会った。

そして彼らの様々な生き方を見て学んだのだ。

自分が同じようにできるかと言われればそうではないかもしれない。

だが、私の凝り固まった考えに影響を与え、選択肢を与えてくれたことには間違いなかった。

何の裏付けもない自信であったが私はため息交じりに少し笑った。


「祐介さん…」

すすり泣くような小さな声で私を呼ぶ声がした。

振り返ると白いキャミソールを着た女性が立っていた。

遥だ。

化粧気がなく、伸びきった髪を後ろに束ね、裸足にサンダル焼けがくっきりと残っていた。
かつて頼りなく私の後ろをついてきた遥はすっかりたくましくなっていた。
私と目を合わせると、遥は目に涙を浮かべ唇を震わせた。
遥は幼い子どもが人形を抱えるように、古いギターを抱きかかえていた。
見覚えのあるギターだった。
私が頷くと、遥は安心したように笑みを浮かべた。
このギターに出会うのはいつ以来だろうか。
私たちの思いをどれだけの人達がつないでくれたのだろう。
このギターがここに存在することにどれだけの意味があるのだろう。
平静を懸命に保っていた私の口から、言葉にならない声が洩れた。
視界が急にぼやけ始めたかと思うと、温かい水滴が瞬きと一緒にはじき出された。
歩を進めることができず、力が抜けたように私は地面に膝をついた。
このギターに出会ったあの日から、私と哲也の旅は始まっていたのだ。
そしてこれからも私たちの旅は終わることはない。

バラ色の日々（今野メイコ）

２０１５年７月。
アジアを中心に孤児院を渡り歩いたメイコは、長旅で貯金を使い果たしてしまい、帰国後は甲府の実家に戻っていた。

実家で1ヵ月も過ごすと、海外で覚えた言語や、過ごした街の名前、お世話になった人たちの記憶が少しずつ薄れていった。

サハラ砂漠に寝転んでみた星空も、イスタンブールの旧市街でショッピングしたことも、美しさのあまりシャッターを切るのを忘れたウユニ塩湖も、タイムズスクウェアで年越しをしたことも、異次元すぎる日々を思い出すとすべて夢のように思えた。

そんなときメイコは、不安や寂しさを紛らわすように、自分の旅の写真や過去のブログを読み返した。

旅で得た出会いと経験は何物にも代えられないメイコの宝物となり、間違いなくそこに存在していた。

安全で満ち足りた生活はどこか物足りない感じがしたが、自分が以前と違う気持ちでそれを楽しんでいることに心地良さを感じていた。

甲府に戻ってからメイコはいろいろとバタついたが、運がいいことに仕事はすぐに見つかった。仕事先は市内の中古車販売店だった。そこは知人に紹介してもらった小さな販売店で、給料はそれほど高くなかったが、社員は皆、気さくで話しやすい人たちばかりだった。

メイコは数年離れていた社会への順応を心配したが、問題なく入っていけたのは、社内の雰囲気が良かったことも大きかった。ただ、日本の物価の感覚が戻っていない頃に連れていかれたオフィス街の1000円のランチが、恐ろしく高級に感じるということもあった。

（ウクライナだと300円もあればリッチな食事ができるのに……）

この悩みは、そのあと近所の広場に来る移動販売のランチボックスが安くて美味しいと評判になったため、なんとか終結した。3台のトレーラーはアジアンフード、中華、本格インドカレーとジャンル分けされており、品数も多いため、ローテーションで楽しむことができた。やがて、お昼になるとこの広場にみんなで行くのがお決まりになった。

「今野さん、今日は何にするんですか？」

ニコニコしながら、メイコにそう尋ねたのは6歳年上の北川だ。膨よかな体系の彼女は10年以上この会社に勤めている。優しく穏やかな性格の彼女のおかげで社内の雰囲気はとてもよいものとなっていた。

「実はもう決まってるんです」

メイコが勝ち誇ったようにそう言うと、隣で浩美が笑った。

「コンちゃん、どうせまたカレーでしょ？」

「え！　何でわかるの⁉」

メイコと同じ歳の浩美は周波数が良く合う間柄で、プライベートでも一緒に行動することが多かった。メイコを「コンちゃん」と呼ぶのも彼女だけだ。

「だってコンちゃん、最近毎日カレーじゃん」

「昨日はハヤシライスです」

メイコはまた得意げな顔を作って言った。

「いやいや変わらないから」

北川が横からたしなめるように言った。

「いやいやいやいや⁉　全っぜん違うし！　そんなこと言ったら北川さん、インド人に怒られますよ！」

世界を旅した人間が放った精一杯の抵抗は、あっさりと流された。お目当ての昼食をテイクアウトして戻ったメイコは、同僚たちといつものようにランチタイムを楽しんでいた。

「ねー、コンちゃん。インドにも行ったんでしょ？　本場のカレーって手で食べるって本当？」

浩美が手で食べ物をつまむしぐさを見せながら言った。

「そうだよ。なかにはスプーンを使う人もいるけどね。私も慣れてきたら手で食べていたよ」

浩美に写真を見せようとフェイスブックを開くと、メイコの動きが止まった。カンボジアで出会った野崎哲也の投稿が目に入ったからだ。彼の投稿は珍しかった。

哲也とはカンボジア以降、連絡を取りあっていなかったが、心臓に病気を抱えている彼がその後どのように旅をしているのか気になって、何度かメッセージを送ったことがあった。しかし、しばらく返信を待っても彼から連絡がくることはなかった。

タイのバンコクから投稿された、1枚の写真のなかには、30歳くらいに見える長髪の男性が写っており、その隣には椅子の上に立てかけられたギターが写っていた。写真のなかに哲也の姿はなかったが、よく見るとギターは彼が使っていたものだった。何度か弾かせてもらったことがあったからよく覚えている。
その投稿にはこう書かれていた。

見つけるのが遅くなってごめんな
でも、お前の足跡たどってなんとかここまで来たぜ
ここに来るまでたくさんの仲間ができたよ
お前がみんなと引き会わせてくれたんだ
しかしまぁ、お前さんよくこんなもん持って旅してたなぁ（笑）
今、俺の心臓はお前の分も動いている
お前の旅はまだ終わってなんかいない
形は違うかもしれないけど、お前の旅の続きは俺にやらせてくれないか？
これからは一緒に世界を周ろうぜ
ここからが俺たちの旅のスタートだ
それでさ、いつかまた昔みたいに二人で弾き明かそう
場所なんかどこでもいいからさ、あーだこーだ世界の話をしながらさ
オープニングはそうだな……
〝バラ色の日々〟なんかどうだい？　――野崎哲也さんと一緒です

投稿は写真のなかに写っている「宇山祐介」という男性によるものだった。野崎哲也の

名前は、彼の横にあるギターにタグ付けされていた。

メイコは投稿の内容をみて胸騒ぎがした。哲也が写真のなかにいないことが不安を煽ったのかもしれない。それに哲也の身に何か起こったことを連想させるような投稿にも受け取れたからだった。

とにかく哲也の状況を把握したいと思ったメイコは、投稿者である宇山祐介にメッセージを送った。

《はじめまして、今野メイコと申します。私は以前カンボジアで野崎哲也さんとお会いして、1週間ほど一緒に旅をしました。哲也さんの心臓のことも本人から伺っております。宇山さんの今日の投稿を拝見したのですが、哲也さんの身に何かあったのでしょうか？その後ずっと彼と連絡を取れていないので、彼が今どうしているのか気になっていました。彼は今元気ですか？》

宇山祐介から返信がきたのは、その日の夜だった。

シャワーから出てきたメイコは、ラフな格好でタオルを頭に巻いたままソファに座り込むと、テーブルに置いてあるスマホに返信の通知があることに気がつき、手に取った。

《今野メイコさん、はじめまして。投稿の件、大変申しわけありません！　心配させるつもりで投稿したわけではなかったのですが、すっかり気分が舞い上がってしまって。状況を知らない知人の方がこの投稿を見たら心配しますよね、すぐに内容を変更しようと思います》

《哲也は昨年4月に病状が悪化して帰国しました。容体は帰国したときよりも安定してい

るのですが、状況は正直言ってあまり良くありません。現在、彼は心臓移植のドナーを待っている状況です》

文面から詳細はわからなかったが、メイコは心臓移植という言葉に戸惑いを感じた。

『哲也さんの心臓、そんなに悪いんですか？　彼と話はできますか？　私で何か力になれることはありませんか？』

メイコはすぐにメッセージを返すと、まだ濡れている髪を一つに束ねた。

《ありがとうございます。実は心臓のことも大きな問題なのですが、どちらかというと哲也のメンタルのほうが今は心配です。今まで当然のようにできていたこともできなくなり、ベッドの上で過ごす日々なので……。これから現れるかどうかもわからないドナーを待つ自分に対して不安があるのでしょう、苛立つ様子がわかります。最近は面会も避けているようです》

『そうですか。それは辛いですよね……。哲也さんって電話は普通にできますか？　いきなり電話してみても大丈夫でしょうか？』

《もちろんです！　哲也きっと喜びます！　旅先の友人からの連絡はきっと励みになるはずです》

『そうですか、わかりました！　じゃあ早速電話してみますね！』

《今野さん、メイコ、ありがとうございます》

しかし、メイコが何度電話をかけても哲也が電話に出ることはなかった。一応フェイスブックからメッセージも送ってみたが、数日経っても既読にすらならなかった。

宇山祐介の言うように避けられているのか、それとも容体が悪くてメッセージを読むこともできないのか、彼から折り返しの電話もかかってくることはなく、メイコはもどかしい気持ちでいた。

そのとき、メイコはふと彼との会話を思い出した。

はっきりと浮かび上がるその風景は、シェムリアップのゲストハウスのときのものだった。

「そいつは祐介っていうんです。なんかわからないんだけど、不思議な奴でみんなを惹きつけるんだよね。気がついたらそいつの周りに人が集まってくるっていうか。会わせてみたいなーメイコちゃんと。でもあいつ絶対海外とか行かなさそうだし、無理かぁ」

『宇山祐介』

ハンモックに揺られながら半分独り言みたいに話す彼は、懐かしそうな眼をしていた。

私がやり取りしていた男がその人物だということに気がついたのは、そのときだった。

ダメならダメって言うだろ（安藤大輔）

言葉が通じなくても伝わってくる温かい気持ちは、冷えた体を温めるスープのように心を満たし、豊かな感情を与えてくれる。ヒッチハイクは危険だという人もいるけれど、やめられないのはそういう理由なのかもしれない。

２０１５年７月。

モスクワ郊外にある小さな公園。

安藤は子どもたちの声で目を覚ました。自分を取り囲む複数の子どもたちの声。頭が痛い。昨日知り合ったヒッピーと朝まで飲んだ酒がまだ抜けていないようだ。もぐりこんでいる寝袋のなかまで酒臭い。

安藤が寝袋から半身を出すと、子どもたちは長髪の東洋人を見て声を上げ、逃げて行った。その奇声に安藤は頭をおさえた。寝ぼけていて、自分に何が起こっているかわからなかったが、寝袋の周りにある所持品が定位置にあることを確認すると、とりあえず安心した。

安藤は年寄りくさく身体を起こして寝袋から出ると、近くにあったペットボトルに手を伸ばし、水を口にして深呼吸をした。新鮮な空気が身体に入ると、少しずつ脳が働き始めたような気がした。公園の遊具に干してあるシャツを手に取ると、まだ少し湿っていたが、一度匂いを嗅いでから構わずそれを着た。そしてニット帽をかぶり、長髪を整えてから、寝袋をたたんだ。

「それにしてもうまく声が出ない」と安藤は思った。２日前から喉の調子が悪かったが、昨日のウォッカがとどめを刺したようだ。まともに歌えないせいで所持金も残り少なかった。いつものように行きつけのファーストフード店に転がり込む。店員は毎日来る安藤のことを覚えているようだった。

安藤は一番安いコーヒーをオーダーして、いつもの座り慣れたソファ席に腰かける。ポケットからスマホを取り出して慣れた手つきで店のＷｉ－Ｆｉにつないだ。つながった瞬間、スマホにいくつかメッセージが飛び込んできた。コーヒーを飲みながら、安藤は溜まったメッセージを一つずつ読んでいく。

メイコから届いたメッセージは予想外だった。安藤は昨年、ポーランドのワルシャワでメイコと出会っていた。メイコとは少しだけ話した程度だったが、人懐っこい小型犬のような彼女のことをよく覚えていた。メッセージの内容は、

《大輔さん、お久しぶりです。お元気ですか？　いきなりで申しわけないのですが、お願いしたいことがあって連絡しました。電話で直接伝えたいのですが、都合のいい時間を教えていただけませんか？》

とのことだった。

安藤は〝お願い〟という言葉が少し引っかかったが、とりあえず今なら電話ができることを返信した。それからスマホをテーブルの上に置いて、持っている所持金を確認しようとポケットを探った。ポケットの小銭がジャラジャラと鳴った。札はなかったが２日くらいならこの小銭でしのげるだろうと考えた。

そのとき、テーブルの上に置いたばかりのスマホが鳴った。画面にはメイコの名前が表示されている。

〈大輔さんお久しぶりです！　元気ですか？〉

メイコの甲高い声が聞こえると、忘れかけていた頭痛が再びやってきた。

「ああ、元気だよ」

〈大輔さん、その声どうしたんですか？〉

メイコが安藤の声に気がついて言った。やはり違和感があるようだ。

「ちょっと風邪をひいてね」

〈大丈夫ですか？〉

「ああ、何とかやってるよ。メイコちゃんも元気そうだね。今どこにいるの？」

〈私、帰国して今は実家のある甲府に住んでいます〉

メイコはまるで隣町にでもいるような口調だった。

「へー、メイコちゃんって山梨出身だったんだ？　日本はどう？」

「もう日本食、サイッコーですよ。焼肉、ラーメン、お寿司！　私、日本に帰ってきて3キロ太っちゃいましたよ。あ、昨日食べたラーメンの写真送りましょうか？」

「いらんわ」

「ふふふ、大輔さんは今どちらにいるんですか？」

「俺は今モスクワにいるよ」

〈モスクワ⁉　この後どこに行くんですか？〉

「中国に行くか、それとも西に抜けて北欧に行くか迷っているんだよね」

〈相変わらずよくわかんないルートですね〉

「お互いさまだろ？　そうそう、お願いって何？　何かあったの？」

安藤はさらりと尋ねた。

楽しげに話すメイコがかえって何か言いづらそうにしている気がしたからだ。

〈あ、そうですよね。ごめんなさい。気になりますよね〉

メイコの声のトーンが少しだけ変わった。あまりいい話ではないようだ。

〈順を追って話さないと……えーっと……〉

「大丈夫、時間はあるからゆっくりでいいよ」

言葉を選んでいるメイコに安藤は言った。実際に時間は永遠と思えるほどあったからだ。

〈旅で出会った私の友だちに、心臓が悪い男の子がいるんです〉

「は？　心臓？」

想定外の単語だった。

〈はい、心臓です。その男の子は大輔さんのブログに影響を受けて、大輔さんと同じようにギターを持って世界を旅していたんです〉

「は？　心臓が悪いのに世界を旅していたってこと？」

驚いた安藤は昨日の酒が完全に抜けた気がした。

〈そうなんです。ギターを弾く人って変な人が多いみたいです〉

そう言ってメイコは笑っていたが、安藤はあっけにとられて笑えなかった。

〈でも彼、旅をしている最中に心臓の病気が悪化してしまって、旅の途中で日本に帰国せざるを得なくなってしまったんです〉

「それで？」

安藤は煽るように尋ねた。

〈彼の容体は日本に帰国してからは安定しているそうなんですが、今のままでは心臓の機

能が不十分らしく、心臓移植が必要で……〉

「なるほど、で、俺にドナーになれと……」

〈違いますよ！　何でそうなるんですか！〉

「いや、完全にそういう流れだったし……」

〈もう！　違いますよ！　大輔さんに影響を受けて旅をしてきた彼に、何か励ますようなメッセージを送ってあげることはできないですか、っていう相談です！〉

「メッセージ？　あ、そういうことね……メッセージね」

〈あ、でも――〉

「ん？　どうしたの？」

〈実は……その男性、スマホの電源を切っているみたいなんです〉

「え、何で？　連絡を取っていたんじゃないの？」

〈私も彼の近況を聞いたのが彼の友人からで、私自身、彼と連絡を取ろうと思ってメッセージを送ったんですが、既読にもならないんです〉

「え？　じゃあ、俺がメッセージを送っても読んでくれるかわからないってこと？」

安藤が言うと、さっきまで元気に話していたメイコが押し黙ったように静かになった。

〈はい、実はそうなんです……。私も変なお願いをしているのはわかっているんです。でも、何か力になってあげたいんです〉

「そうか」

と、安藤はかすれた声を出した。

〈それに、メッセージを残しておけば、いつか必ず読んでくれると思うんです！　お願いできませんか？〉

「うーん」

と、安藤は気のない返事を一つした。落ち着いて考えてみたが、突拍子もない話でまだ頭のなかが整理できていない。

「メッセージねぇ」

〈難しいですか？〉

メイコは不安そうだった。

「俺、そういうの苦手なんだよ」

ポロリと言った言葉は本音だった。

「会ったことがない人にメッセージを送るって難しいよね。どんなひとかイメージがわかないし。なんて言ってあげていいかも浮かばないしさ」

「そうですよね……」

メイコが弱々しく言った。

「んー、で、その人どこにいるの？」

〈えっ？　北海道ですけど〉

「北海道か。いいね、味噌ラーメン食えるな。よくわかんないからさ、とりあえず会いに行くよ」

〈は？　大輔さん、今何て？〉

「いや、だからさ、会ってみないと何て言っていいかわかんないから会いに行くよ、その人に」

〈え？　何言っているんですか大輔さん⁉　今モスクワにいるんですよね⁉〉

メイコの声がひと際大きくなった。

「大丈夫だよ。その人の名前と病院名教えてくれたら行ってくるよ」

〈え？　いつ？〉

「いつならいいんだろ？　早いほうがいいよね？　今から向かうよ。ただ、今あんまり金がなくってさ。最安ルートで行くから少し時間がかかるかもしれないけど、大丈夫かな？　うまくいけば……そうだな、10日くらいで行けると思うよ」

〈え、いや……あの……別に行かなくても、メッセージとかそんな感じでいいんですけど……。もちろん大輔さんがいきなり来たら喜ぶと思うんですけど。本当に大丈夫ですか？〉

「大丈夫だよ。そもそも連絡取れないんでしょ？　メッセージ送ったって見てくれるかもわかんないいんだったら行ったほうが確実でしょ？」

〈あ……いやそうじゃなくって、大輔さんの予定とかお金とか、もろもろ大丈夫ですか？ってことなんですけど……っていうか、そもそも重病なので行っても面会できる保証とかないですよ〉

「大丈夫大丈夫、会いに行ってみて、もしダメならダメっていうだろ？」

〈だから、その心配をしているんですって！　……まぁいいや、じゃあ、あとで彼の連絡先送りますね〉

「あ、名前なんていうの？」

〈えっ？　名前？〉

「そう、その人の名前だよ」

〈テツヤ、えーっと、確か苗字は――。ノザキ、野崎哲也です！〉

安藤は電話を切ってからすぐに荷物をまとめると、足早に大きな通りまで出た。

現在の所持金は、口座も合わせて日本円で２０００円ほどだったが、移動しながら稼げばなんとか行けると思った。道路わきで車を待つ間、安藤の頭のなかにはさまざまなことがめぐった。アドレナリンが分泌され、身体中を駆け巡っているのがわかった。

自分のブログに影響を受けて、実際に旅に出た人間がこの世にいたのだ。

この感情はしばらくおさまることなく身体のなかをめぐっていた。安藤は、その男性に何としてでも会わなくてはいけない気がした。

（それにしても自分の命を削ってまで旅に出た男とはどんな人なのだろう？）

想像を膨らませて10分くらい経った頃、トラックがやってきた。安藤は親指を立てて反対の手をトラックに向ける。目の前を通過したトラックのブレーキランプが赤く点灯し、道路わきに停車した。荷物を持ってトラックに駆け寄ると、運転席の40代くらいの男性が窓を開けてこちらを見定めるようにじっくりと見た。

安藤は覚えたてのロシア語をフルに使ってモスクワ市内に行きたいことを運転手に告げると、運転手の男性は助手席を指さし、トラックに乗るように言った。お金がないことを安藤が身振りで伝えると、彼は笑いながら手を顔の前で振って「必要ない」という仕草をして見せた。

バックパックとギターを荷台に乗せると、安藤は助手席に滑り込むように乗り込んだ。トラックはモスクワ市内に向かって走り出した。


2015年8月。

無機質な病院の廊下。消毒液の独特の香りが鼻をついてくる。その廊下の真んなかに引かれた白線の上を安藤は歩いていた。手術フロアは不気味な静寂に満ちていた。

両サイドに並ぶいくつかの部屋のなかには、無菌状態を保っている部屋もあり、安藤はギターをぶら下げた小汚い自分が場違いであることを再認識させられた。大学病院はとても広く、そのなかから一人の男性患者を探すことができるのかと心細くなりながら、通りすがりのスタッフを見つけては声をかけて探した。

探している男性の名前は「野崎哲也」。

心臓に疾患を抱えたまま世界を旅しようとしたクレイジーなギター弾きらしい。

一体どんな男なのだろう。札幌市内の大学病院に入院していると聞いて、ロシアのモスクワからここまでやって来たが、安藤はその男性のことを詳しくは知らなかった。案内してくれた研修医が言うには、彼は昨日手術を行ったらしく、病棟が変わったとのことだった。どうやら野崎は、弱っている心臓を休ませるためにVADと呼ばれる心臓の働きを補助する機器を体内に装着する手術をしたらしい。それは心臓移植までのいわゆる〝つなぎ〟だそうだ。

本当に会えるのか安藤は少し不安になったが、とりあえずここに自分が来たことを彼に伝えてもらえれば、何か励みになるかもと考えた。

その後、安藤はなんとか集中治療室の前の大きなドアの前まで来ることができたが、さすがにここまでだろうと思った。そこは通路全体が一つのドアになっており、一般人が立ち入ることのできない重苦しい雰囲気で閉ざされていた。

安藤は近くにいた若い看護師に事情を説明すると、

「集中治療室のインターホンで聞いてみてください」

とだけ言われた。

インターホンを押す指を安藤は無意識に自分の服で拭った。ボタンを押してしばらくすると奥から看護師が出てきた。

「ご家族の方ですか？」

安藤と同じくらいの年齢であろう看護師は、安藤を見るなり、少し疑うように言った。

「違います」

と安藤が正直に答えると、看護師の表情は明らかに曇った。とにかく安藤は、遠方から面会に来たという事情を説明した。

この看護師に面会はできないと言われたら、引き下がるつもりだった。

ここに来たのは、自分のブログを見て世界に旅立つ覚悟をした男に対しての誠意のつもりだったからだ。

昨日今日心臓を手術した人間が、誰かに会えるような状態であるわけがない。大体、集中治療室のなかは家族しか面会できないはずだ。それに会えたとしても自分にできることなんかたかが知れている。持ってきたCDを看護師さんに預けて、彼が目を覚ましたら渡してくれればそれでいい。安藤は現在の状況に対して、あれこれと考えを巡らせていた。

するといったん集中治療室のなかに入っていた看護師が、安藤のもとに戻ってきて言った。

「本人が大丈夫と言っているので、ご案内しますね。こちらへどうぞ」

「冗談でしょ？」

安藤の口からポロリと心の声がこぼれた。鼓動が早くなった。

（嘘だろ？　昨日手術したばかりで意識が戻っているのか？　そもそも会える状態なのか？）

看護師は落ち着かない様子の安藤を隣の小さな部屋に案内し、上着を脱ぐこととアルコール消毒を入念に行うことを伝えた。

洗濯はほぼ毎日していたし、シャワーも可能なときは毎日してきたが、無菌状態の部屋のなかに置かれている安藤は、自分がだんだんバイ菌の塊のような存在に思えてきた。入念にアルコールを身体に練り込み、マスクと帽子を渡された安藤は、看護師の後についていった。

何を話せばいいのだろう。自分は今どんな表情をしているのだろう。そして、彼の前でどんな表情で話せばいいのだろう。安藤は今さらながら困惑していた。

「では安藤さん。こちらへどうぞ。なるべく手短にお願いしますね」

そういうと看護師は、カーテンで仕切られたベッドの前に安藤を案内した。いくつかベッドが並んでいたが、ほかのベッドには誰も寝ていなかった。カーテンがされているのは、目の前のこのベッドだけだった。ただ、カーテンのなかは見えないため、なかでどんな人がどんな状態なのか、まったくわからない。

「こちらへ」

そう言ってから看護師は安藤をカーテンのなかに案内した。意を決する間もなく、安藤はベッドの前に立った。そこには管につながれた男性が横たわっていた。病院服からは細い足がのぞいており、そこにアイスノンのようなものが乗せられていた。

あまりの光景に安藤は、自分がどんな顔をしているのかわからなくなった。寝ている男性は自分とさほど年齢が変わらないであろう、今どきのハンサムな男性だった。そのことが余計に痛々しく感じさせた。

ベッドの上の野崎哲也はこちらに視線を向けていた。彼の首がほんのわずかに傾き、口が少し動いた。その口からこぼれる声はあまりにも弱々しく、かすかに声が漏れている程度のものだった。そのあまりにもスローな動きが、今の彼の全力だということが手に取るようにわかった。

安藤はゆっくり声をかけた。その声が聞こえていることを知らせるように、野崎は口を動かした。しかし、彼の声はあまりにも小さく、何を言っているのかはわからなかった。

この生死をさまよっている男に対して安藤は、かける言葉を思いつくことができなかった。すると野崎の手が動いた。それはゆっくり、ゆっくりとこちらに向けられた。その細い手はベッドからはほとんど上がっておらず、すぐにでも支えなければ落ちてしまいそうなほど震えていた。

彼は必死だった。握手したその手に力はほとんど感じなかった。

この手でどんな曲を弾いてきたのだろう。一体、彼をここまでさせたものは何だったのだろう。安藤の脳裏にさまざまな思いが浮かんだ。

そのあとも、野崎は動かない顔から目線だけを安藤に向けた。安藤は、ふとベッドの上におろした彼の手を見た。ゆっくりとだが、シーツの上に何かを描いているようだった。

〝あ・り・が・と・う〟

安藤が順番に声に出してみると、野崎は微笑んだように見えた。そして、すべてを許すかのように優しく目を閉じ、かすかに動く首を小さく縦に振った。

集中治療室にいたのはおそらく1分くらいだった。

看護師に短めにと言われていたこともあったが、あの場所にいることが安藤には怖かった。悲痛な叫びを聞いているようで、野崎の目を見てうまく話せなかった。安藤は人間の弱さと向き合うことができない自分の無力さを知った。

〈野崎哲也の事情〉 1分間の面会

私（野崎哲也）は目が覚めて意識が少しはっきりしてくると、手術が終わったことを理解した。どうやら手術は無事成功したらしい。自分はまだ生きている。

「野崎さーん、聞こえますかー？」

看護師のやかましい声はしっかりと耳に届いていた。

しかし、身体が思うように動かせない。首を縦に振ることすら困難だった。私は声を出すこともままならなかったが、一度だけゆっくりと瞼を閉じて頷く合図をした。

しばらくして室内に家族が案内された。父も母も心配そうに自分を見つめていた。息子が苦しんでいるときに何もすることができない家族も、自分と同じようにつらいのだと思った。いっそのこと手術が失敗して、ここで人生を終えることができたなら、それですべてが丸く収まるのではないかとも考えた。

これからどんな生活が続くのか、私は考えるだけでも気が狂いそうだった。

家族が帰ってから1時間ほど経った頃であろうか、遠くのほうで扉の開く音がした。

誰かがこちらに向かって歩いてくる。

足音はどんどん近くなり、やがて自分のいる部屋の扉が開く音が聞こえた。ベッドを囲んでいるカーテンが開き、さきほどの看護師が現れた。看護師は困惑した顔だった。

「野崎さん、面会の方がお見えなんですけどいかがいたしますか？　アンドウさんという方なんですが……ちょっと大変ですよね？」

看護師の言い方から、急な面会に困惑していることがわかった。

（アンドウ？　誰だ？）

声を出せない私は、少し眉間にしわを寄せて困った顔をした。

「アンドウダイスケさんという男性の方なんですけど」

看護師の口から飛び出した名前に私は耳を疑った。

（なぜ安藤大輔がここに？　ひょっとしてこれはまだ夢のなかなのか？　薬のせいか？）

「また後日にしてもらいましょうか？」

看護師はカーテンを閉める仕草をしながらそう言った。

私は看護師に向かって何度も瞼を開閉して見せた。夢でも幻覚でもいい、何が起こっているにしても、安藤大輔がここにきているのであれば、一目でいいから会いたいと思った。

「お会いしますか？」

看護師が野崎の表情を読みとり、ゆっくりともう一度質問してきた。私は精一杯首を縦に動かした。

「わかりました。では、こちらにご案内いたしますね」

看護師はそう言うと、カーテンを閉じて戻っていった。

（何が起こっているんだ？　安藤大輔がここに現れるわけがない）

気持ちの整理をする間もなく正面のカーテンが開き、さっきの看護師が現れた。

「手短にお願いします」

看護師がカーテンの陰に向かってそう言うと、ブログのなかの写真でしか見たことのない、あの安藤大輔が現れた。

「はじめまして、安藤大輔です」

安藤はそう挨拶すると、じっくりと私を見た。信じられなかった。今は自分の頬をつねることすらできない。だが、間違いなく安藤大輔が目の前にいる。

（もしかして、自分はもうこの世に存在していないのか？）

これが〝あの世〟からの迎えであっても構わなかった。私は何かを求めるように安藤に向かって右手を持ち上げた。小刻みに震える右手はベッドから1センチも上がっていない。安藤は私の右手を両手ですくい上げるようにして握ってくれた。

冷たい自分の手に安藤の体温が伝わるのがわかった。誰かに手を握られる感覚をこれほど強く感じたことなどなかった。自分は今、旅をするきっかけを与えてくれた張本人と向き合っている。話したいことがたくさんあったが、安藤はすべてを理解したような顔で口を開いた。

「野崎さん、お会いできて嬉しいです。旅人の一人としてあなたを尊敬しています。いつかあなたと一緒にギターを弾く日を楽しみにしています。病気に負けずに一緒に頑張りましょう」

時間にして1分ほどの面会だった。どこから来たのかわからなかったが、この男は、この1分間のためにここに来たのだ。

（「一緒に頑張りましょう」か。そういえば、いつか祐介もそんなこと言ってたな）

2016年2月。

「えっ？　緑のバッグ？　ああ、あの大きなバッグね。あれなら祐介君が持って行ったわよ」

退院が許可され実家に戻った私が、旅で使ったバックパックを探していると、母がきょとんとしながら言った。

「は？　祐介が？　何で？」

私は耳を疑うように聞き返したが、

「さぁ？　知らないわよ」

と言って母はテレビに目を移してお茶をすすった。

安藤大輔が病院にひょっこり現れたのが祐介の仕業だということに気がついたのは、その数日後だった。

ずいぶんと日焼けした祐介が、懐かしいあのギターをひっさげて現れたのだ。

親友と大切なギターがいっぺんに戻ってきたあの日の感情を私は生涯忘れることはないだろう。

インタビュー３（塩見麻里）

２０１８年10月28日。渋谷のカフェ。

塩見は「旅人たちが起こした奇跡のような物語」を宇山から聞きながら気持ちの高ぶりを抑えられないでいた。

探し求めていた夢物語は今まさに、塩見の目の前にあるのだ。

ふっと店内の照明が柔らかな暖色に変わると、窓の外に広がる世界がやけに暗く感じた。

カフェのスタッフがメニュー表を交換しにやってくると、ついでに小さなグラスに入ったキャンドルをテーブルに残していった。

店内の時計を見ると、17時をまわっていた。麻里はずいぶん長い間このカフェに滞在していたことに気がついた。

「宇山さん、もう少しお話を伺いたいのですが、お時間は大丈夫でしょうか?」

塩見は質問をメモしている手帳をめくりながら尋ねた。

事前に準備していた質問は、宇山の話に聞き入っているうちに頭のなかから消えていた。

宇川は少し時計を気にした。

「ええ、もう少し大丈夫ですよ」

「この後、ご予定が?」

「はい、韓国から友人が来るんです。19時に渋谷で待ち合わせをしているのでそれまでしたら」

気のいい返事を返した宇山だったが、長時間話をしていたせいか少し疲れた様子だった。テーブルに新しいアイスコーヒーが届けられると、宇山は「使用しないから」と優しく言ってガムシロップだけをスタッフに返した。

外に目をやると、家路につく人たちでごった返しているにもかかわらず、スクランブル交差点では皆相変わらず規則正しく動いていた。

「宇山さん、さきほども同じような質問をさせていただいたのですが、もう一度お聞きしてもいいですか?」

塩見は宇山がアイスコーヒーを一口含んだところで尋ねた。

「ご友人の哲也さんはご自身と同じ心臓に病を抱えている方々のために、そして、臓器移植を待つ人達のことを世に知ってもらうために旅立ちました。そして、その一年後に宇山さんは哲也さんの意思を引き継ぐべく、ギターを探しに旅立ったわけですが、お二人の〝誰か〟のために行動する強い気持ちを推進するものがいったい何なのか、ぜひお聞きしたいんです。どうかお聞かせ願えませんか?」

塩見は目に期待を潤ませながら言った。

「うーん、さっきも少し考えたんですが、本当に自分でもよくわからないんです。あいつもよくわかっていないんじゃないかな」

顎に手を当てて少し考えてから、宇山はさきほどと変わらない答えを口にした。

納得できる答えを得られなかった塩見はめげずにほかの言い方で質問を考えた。何としても宇山の考えや哲也に対する思いを聞きたかったからだ。

でも……、と思い出したように宇山が口をひらいた。

「我々に共通していたのは、弱くて力のない人間だったということです」

その宇山の口調はどこか熱を帯びているように感じた。

「誰もが助けを求める強いヒーローだけじゃなくって、力のない弱い人間だからこそ救える世界ってあると思うんです。ひとの弱さを知る人間だけが手を差し伸べることができる世界。それをあいつは私に教えてくれたんです。きっと私が突き進んだ理由は、自分と同じような思いで困っている誰かが、私の行動を待っている気がしたからです」

〝誰かが待っている〟宇山のこの言葉に塩見は深く頷いた。

宇山は続けて話した。

「帰国したときに、私の旅はもう終わったものだと思っていました。でも夏美さんから出版社の方が私たちの旅に興味を持っていると聞いたときに、私にはまだやるべきことが残っていることに気が付いたんです」

「やるべきこと?」

「はい。旅をする前に思い浮かべていた目的はまだ達成できていないって……。今日塩見さんに出会って、自分にできることがようやく見えた気がしました。この問題を発信できるのは自分しかいないと。それに……」

「それに……?」

塩見は少し目線を下げた宇山を覗き込んだ。

「移植を待っている方々はつらい現実と向き合いながら日々を過ごしています。モチベーションを維持するのが困難で、相談したくてもわかってくれる人間がその辺にいるわけでもない。そのうち自分一人で解決しようとして閉じこもっていたこともありました。でも本当は誰かの助けが欲しくて…。不安と孤独で押しつぶされそうになって……、それでも生きている意味を探していました。『自分がここまで苦しんでまで生きる意味がこの先の未来にあるのか?』って」

宇山はまるで自分のことのように話し始めた。

塩見はこの日初めて宇山の沸き立つような感情を感じた。

そして、その雰囲気に引き込まれるように彼の話に聞き入った。

「移植待機者のなかには自分の苦しみや悩みをうまく外に向かって表現できる人もいます。それは友人とか家族とか、病院の先生とか、よき理解者が周りにいることで成り立ちます。ブログなどで外に向かって発信している人もいますが、全員が器用にそんなことができるわけではありません。多くはその不安をうまく表現することができずに苦しんでいると思うんです。そういう人たちに、伝えたいんです。不器用でも不格好でも前向きに生きる姿を見せるだけで誰かに希望を与えるきっかけになることができると。あきらめないで前を向いてほしい……。小さなことでも、目標を持って進むその姿が、同じ境遇に置かれた人間の気持ちを動かすことができるからです。たとえ目標が達成できなくても、あきらめないで続ければ、その意思をつないでくれる人も、きっと現れると思うんです」

宇山は、迷いのない強い信念を貫くような目をこちらに向けて言った。

今まで頼りなく感じていた宇山がこのときばかりは別の人間のように思えた。

ふと、塩見は宇山の言葉に違和感を感じた。

編集者の勘がそうさせたのか、どこか宇山の人物像にズレのようなものを感じたのだ。

塩見は思い切って宇山に質問をしてみた。

「あの、お聞きしたいのですが、その後、哲也さんはどうなったんですか?」

質問する自分の声が期待と緊張で震えているのがわかった。

「その質問は、とてもいい質問だと思います」

コーヒーにミルクを入れながら、目の前の男は得意げにそう言った。

グラスのなかでミルクとコーヒーが不規則に混ざりあう。
まるで互いの世界を変えるように。

おわりに

「世界を旅するうえで一番大事なものって何ですか？」

3年半の旅から帰ってきてさまざまな質問をされましたが、この質問の回答に悩みました。

パスポートやクレジットカード、保険、ＧＰＳ、語学やコミュニケーション能力…。結果的に私は『情報』と答えました。

何年も旅を続けるなかで情報こそが何よりも大切なものと感じたからです。

一昔前、旅人が分厚いガイドブックを片手に世界を旅していた時代がありました。今では世界のどこに行ってもインターネットの環境が整い、ＳＮＳの普及によって旅がしやすくなり、私もその恩恵を受けて安全に旅をすることができました。

そして、私が無事に旅を終えることができたのはその情報を有効に利用しつつも、手に入れた情報を疑うことを怠らなかったことだと思います。

そのときは安全でも、ひと月もすれば国の情勢が変わることもあるからです。

デモが起こったり、ストライキが起こったり、大きくレートが変わったり、入国にビザが必要になったりと、生き物のように状況は変化します。

今も昔も変わらず求められるのは新鮮な情報を手に入れることなのだと旅をしながら実感しました。

バックパッカーは情報を求め、出会って間もない間柄でも互いに訪れた国の情報を交換し合います。

『どこから、どのルートで来て、これからどこに行くのか。いつから旅をしているのか』国の情勢や安く安全に移動する手段の情報は直近であればあるほど役に立ちます。情報を交換したついでに余ってしまった通貨や、出国時に両替し損なった通貨を交換し合うこともあります。

例えば、インドを出国するときに両替し損なった100ルピーをイギリスで両替してもレートが悪く、大きく損をすることになります。しかし、イギリスで出会ったバックパッカーのなかにこれからインドに行く人がいれば効率の良い両替ができます。そのときに情報も付け加えます。

「国境から街に行くときに2000ルピーのタクシーに乗るしかないといわれるけど、本当は5分くらい歩けばバスターミナルがあって100ルピーで街まで行けるよ。あと、○○っていう安宿は居心地がいいって有名だけど先週ベッドバグ（南京虫）が出たから行くのはしばらくやめたほうがいいよ」

インドルピーを受け取った人も、小銭と情報が手に入るためこの手の話はスムーズに進みます。

どこの国に行っても国境付近には情報を持っていない旅人を騙そうとする輩が多く、「今日はバスがないから私のタクシーに乗るしかない」とか、「街に入るために税金が必要だ」など、とにかくあの手この手を使ってお金を巻き上げようとします。

レートや相場の情報がなければ、「そういうものなのか」と思って払ってしまったり、高額なタクシーに乗せられてしまったりするうえ、低いレートで渋々両替しなくてはなりません。

相場や地理などの情報をあらかじめ持っておくことで、危険を回避することにもつながります。

情報化社会という言葉が徐々に進化し、あふれかえった情報に支配されることなく、いかにして生きていくかが問われる新しい時代を我々は歩んでいます。

テレビやネットから流れてくる情報は〝いつ〟〝誰が〟発信したものなのか？　中立的な立場で正しい解釈をされたものなのか？

今、必要とされるのはそれらの情報から正しい情報を選択し行動する能力なのではないでしょうか。

2010年に改正臓器移植法が全面施行され、本人の意識が不明の場合であっても家族の承諾があれば臓器が提供できるようになりました。

改正内容は大きな前進ですが、言い換えれば本人がいない状況で残された人間に選択が求められるということです。

自分の身近な人間の死と向き合いながら、同時に臓器提供を求められることを想像すると、それはあまりに過酷で困難な選択といえるでしょう。

だからこそこの改正は〝選択をする準備〟が必要であると考えるきっかけになったと思います。

臓器を提供するという選択。

臓器を提供しないという選択。

導き出された答えは、どちらも正しい選択であり、尊重されるべき考えだと私は思います。

世界的に移植医療は自国で行うことが主流である中、臓器提供者の数が他国に比べて圧倒的に少ない日本は今もその一部を海外に頼っています。

しかし、海外だからといって臓器が無限にあふれているわけではありません。そこにも移植を待っている列があり、異国からの患者を受け入れることによって、順番待ちの列に歪が生まれることも事実です。

やむを得ず海外に臓器を求めなくてはいけない方々に対して、現実を知らない人たちから心無い言葉を聞くこともあります。しかし一つの命を救うために導き出した答えであれば、私は移植のために海を渡る方々の思いを尊重するべきだと考えます。

日本での臓器移植医療が日常的になれば、このようなリスクと大金をかけて渡航する必要もなくなります。そのためには臓器提供の意思表示が絶対に不可欠なのです。

本作のために日本の医療関係者から日本が抱える臓器提供の問題について話を伺いました。

日本の臓器提供者の出現を妨げている原因は様々ですが、その中の一つに脳死を人の死として認めにくい〝死生観〟というものがあります。脳死の患者の体は温かく、反射もあり、家族がそれを〝死〟として受け入れるのはあまりに難しい問題であると話してくださりました。

実際に、脳死した患者が臓器提供の意思表示をしていても、最終的に家族の方が臓器提供を断ってしまうケースも珍しくないそうです。

家族の意思を尊重したいという気持ちがある一方で、移植によって救われる命があることを思うのも事実だと話してくださりました。

移植を待ち望む人も、その家族の思いも、死後に自らの臓器を提供したいという意思も共に尊重され、それぞれの権利が保障される社会、そして多様な価値観が共存できる未来であるべきだと思います。

私はこの本を読んだ人たちが移植や臓器提供に関心を持ち、自発的に情報を発信したり行動したりするきっかけになればと考えています。

最後に、この物語の野崎哲也のモデルになった友人の言葉です。

「旅で出会った人たちが、ふらっと自分に会いに来てくれたり、励ましのメッセージをくれたりするんだ。この前なんか沖縄からふらっと来てくれたやつもいたよ。旅人ってすごく強い絆でつながっているんだって実感したよ。

旅に出たことでこの病気が悪化したのは事実だけど、旅をしていなかったらきっとこの深い闇から抜け出すことはできなかったと思う。だから旅に出たことを後悔したことなんて一度もないし、あのときチャレンジしたことを本当に良かったって心から思っているんだ。

今は、この病気のことや、移植というものについて、もっとたくさんの人に知ってもらいたい。別にみんなに臓器提供をしてくれって言っているわけじゃない。知ってもらうだけでもいい。誰かが自分の存在を気にかけてくれているって思っただけですごくポジティブな気分になれるから。

自分が旅人のブログをきっかけにして旅に出たみたいにいつか自分も、誰かを後押しできる存在になりたいと思うよ」

世界のどこかに、自分の行動を待っている人がいる。
その人と出会うために自分は生きてきたのかもしれない。
そう思える瞬間が一瞬でもあれば、この世界を生きる意味はあるのではないでしょうか。

著者紹介

松原良介（まつばら りょうすけ）

1980年5月19日　北海道札幌生まれ。
札幌市内の高校を卒業後、上京。
2014年、友人のギターを探すため、世界一周の旅に出る。
訪れた国は100ヵ国を越える。
2017年帰国。関西を中心にイベント等で旅の話を通じて移植待機者の
思いを伝える活動をしている。

旅《たび》するギターと私《わたし》の心臓《しんぞう》

2020年4月14日　第1刷発行

著　者　　松原良介
発行人　　久保田貴幸

発行元　　株式会社 幻冬舎メディアコンサルティング
〒151-0051　東京都渋谷区千駄ヶ谷4-9-7
電話　03-5411-6440（編集）

発売元　　株式会社 幻冬舎
〒151-0051　東京都渋谷区千駄ヶ谷4-9-7
電話　03-5411-6222（営業）

印刷・製本　中央精版印刷株式会社
装　丁　　後藤杜彦

検印廃止

Printed in Japan
ISBN 978-4-344-92775-9 C0093
幻冬舎メディアコンサルティングHP
http://www.gentosha-mc.com/